KB049185

너무
노력하지
말아요

GANBATTEMO MUKUWARENAI HONTOU NO RIYUU
ⓒ JINNOSUKE KOKOROYA 2014

Originally published in Japan in 2014 by PHP Institute, Inc., TOKYO,
Korean translation rights arranged with PHP Institute, Inc., TOKYO,
Korean translation rights ⓒ 2015 by Samtoh Publishing Co., Ltd,
through TOHAN CORPORATION, TOKYO, and YU RI JANG AGENCY.

너무
노력하지
말아요

고코로야 진노스케 지음
예유진 옮김

샘터

열심히 해도 인정을 못 받아.

열심히 해도 월급이 이래.

열심히 해도 승진이 안 돼.

열심히 해도 인기가 없어.

열심히 해도 잘나가지 못해.

열심히 해도 꿈이 이루어지지 않아.

이렇게 열심히, 또 열심히 노력하고 있는데 말이야…….

허무하고 괴로워. 나는 혼자야.

아무래도 세상은 뭔가 잘못됐어!

⋯⋯이렇게 불평이라도 한마디씩 하고 싶으신가요?

그 심정, 너무나 공감이 갑니다. 바로 예전에 제가 했던 고민이거든요. 저 역시 아주 오랫동안 '아무리 열심히 노력해도 행복하지 못한' 사람, 지나치게 열심히 노력하는 사람이었으니까요.

어쨌든, 안녕하세요.

저는 '성격 리폼 심리 카운슬러' 고코로야 진노스케입니다.

카운슬링과 심리 세미나를 통해 고민을 듣고 마음이 편해지도록 돕는 게 제 일입니다. 가끔 텔레비전 방송에 출연해 출연자들의 심리 카운슬링을 진행하기도 합니다.

그런데 방송의 위력이 참 대단하긴 합니다. 저를 굉장한 경력의 소유자라고 즐거운 오해를 하는 분들이 많더라고요.

그래서일까요? 간혹 이런 질문을 받기도 합니다.

"고코로야 씨도 '아무리 노력해도 행복하지 않은 사람'이었다는 게 사실인가요?"라고요.

그런데 말입니다, 네. 정말입니다.

심리학 세계에 입문하기 전까지 저는 19년 동안 대기업 샐러리맨으로 일했습니다. 제가 입사하던 해 회사에서 대학 졸업자를 처음으로 채용했고, 따라서 저는 1기생이었습니다.

회사에서는 미래의 임원 후보로 기대하고 뽑았기 때문에, 저와 동기들은 회사 안팎의 대대적인 선전 아래 입사했습니다. 그래서 회사가 기대하는 만큼 열심히 일해야 한다고 생각했습니다.

'야근, 그 정도야 식은 죽 먹기지.'

아침부터 밤까지 일하고, 일하고, 또 일했습니다.

당시에는 '노력과 근성!' '일하지 않는 자 먹지도 말라!'는 말을 가장 좋아할 만큼, 늘 최선을 다해 열심히 일했습니다.

그러던 어느 날, 문득 제가 외로운 사람이라는 사실을 깨달았습니다.

회사에서는 동료와의 관계가 생각처럼 원만히 흘러가지 않았습니다. 집에서는 가족들의 마음이 다 흩어져 제각각이었습니다.

인생이 점점 더 망가지는 느낌이었습니다.

이렇게 열심히 노력하는데 보람이 없어.

이렇게 열심히 노력하는데 행복하지가 않아.

도대체 이유가 뭘까?

한계에 도달하고야 말았다는 사실을 깨달은 저는 그 '해답'을 찾아 헤매기 시작했습니다. 그러다가 결국 심리를 다루는 직업 속으로 뛰어들게 된 것입니다.

그 후로 몇 년이 지났을까요.

그렇게 애를 쓰고 노력해도 전혀 행복하지 않았던 제가, 지금은 '어째서인지' 많은 동료에게 둘러싸여 매일 즐겁게 지냅니다. 강연회를 열면 '어째서인지' 전국에서 수많은 청중이 강연에 와주십니다. 직접 말하기 조금 쑥스럽긴 합니다만, 이렇게 책을 써서 출판하면 '어째서인지' 대부분 베스트셀러에 들어갑니다.

　교토 한구석에 작은 사무실을 차리고, 조용히 꾸준히 카운슬링을 하고 있을 뿐인데 말입니다.

　저에게는 대단한 자격도, 직함도, 돈도 없습니다.

　그저 직장인 출신인 평범한 아저씨일 뿐.

　그런데 제 인생이 '어째서인지' 갑자기 꽃을 피우기 시작했습니다. '어째서인지' 인생이 잘 풀리기 시작했습니다.

　이상하지 않습니까?

　"전보다 더 열심히 노력했으니 그렇게 되었겠지요."

"운이 좋아서?"

"아무래도 재능이 있었겠지요?"

아뇨, 모두 틀렸습니다.

제 인생이 잘 풀리게 된 이유는, '단 하나의 진실'을 깨달았기 때문입니다. 그리고 '어째서인지'에 대한 해답도 바로 거기에 있었습니다.

저는 그 '단 하나의 진실'을, 여러분에게도 꼭 알려드리고 싶어서 이 책을 썼습니다. 지금부터 알려드리는 내용은 모두 저 스스로 직접 경험하고 배운 것들입니다. 제 새로운 출발점이 된 생각들입니다.

우리 모두의 인생은 생각보다 훨씬 더 커다란 가능성을 담고 있습니다. 제가 여러분의 그 가능성의 문을 여는 데 조금이라도 도움이 된다면, 무척 큰 보람이 될 것입니다.

무조건 잘하려고 애쓰고, 초조해하고, 열심히 노력하면서도 괴로워만 하던 그 시절.

'그때의 내가 이 책을 읽을 수 있다면……'

그런 안타까운 마음을 담아 쓴 책입니다.

부디 저보다 조금이라도 더 빨리, 그 진실을 만나시기 바랍니다.

고코로야 진노스케

노력이란 말은 사실 'NO력'이라는 뜻이야.
너무 힘들이지 않아도 괜찮아.

5장

너무 노력하지 않아도 행복한 사람의 습관

내 팔이 짧은 걸까.
손가락이 없어서일까.
아무리 노력해도 닿지가 않네…

1장

열심히 해도
인생이
잘 풀리지 않는
당신에게

혹시 '열심교'의 신자이신가요?

내가 밤을 꼴딱 새워 쓴 기획서는 바로 퇴짜.

그런데 정시 출근해서 오전에 생각나는 대로 틈틈이 썼을 뿐인 나 대리의 기획서는 엄청난 폭풍 칭찬 세례.

……어째서? 왜?

"내가 얼마나 열심히 했는데, 이건 너무 불공평하잖아!"

이런 경우가 참 많지요?

잘 시간을 쪼개서 자료를 모으고 공부했습니다.

더할 나위 없이 열심히 노력하고 연구했습니다.

그 누구에게도 지지 않을 만큼 최선을 다했습니다.

분명히 그렇게 노력한 결과가 눈에 보였을 텐데, 상사는 당신의 이야기는 제대로 듣지도 않고 오로지 당신의 라이벌만 칭찬합니다.

도대체 왜 그럴까요?

저도 오랫동안 그 이유를 몰라서 무척 힘들었습니다.

여기 또 다른 사례가 있습니다. 제가 다니던 직장을 그만두고 창업하고 난 뒤의 일입니다.

신출내기 심리 카운슬러.

마냥 기다린다고 해서 손님이 찾아올 리 없습니다. 그래서 더 부지런히 이것저것 노력했습니다.

홈페이지를 개설하고, 매일 블로그를 업데이트하고, 웹진을 만들어 독자를 모집하고, 여기저기 전단지를 돌리고, 그렇게 사람들에게 저의 존재를 꾸준히 알렸습니다. 강연을 열 때는 최대한 많은 사람이 참석할 수 있도록 수강료도 될 수 있는 한 싸게 책정했습니다.

'필수 경비를 빼니 수익이 얼마 안 남네. 그래도 적자만 피하면 괜찮겠지.'

그렇게 생각했습니다.

"지금 참가 신청하면 최신 사은품 증정!"

"이 강연에 참가하면 내일부터 당신은 다른 사람!"

이런 이벤트도 빠뜨리지 않았습니다.

그런데 그렇게 열심히 홍보를 해도, 막상 당일이면 강연장이 텅텅 빌 때가 많았습니다. 그럴 때마다 눈앞이 캄캄해졌지요.

역시 수강료를 더 싸게 해야 하나?

사은품을 더 많이 증정해야 하나?

분발해서 더 열심히 홍보했어야 했는데…….

월급쟁이 시절부터 열심히 노력해온 저입니다.

스스로 마치 '열심교'의 신자라도 된 것처럼,

'노력하는 사람 → ○'

'열심히 안 하는 사람 → ×'

이런 꼬리표를 저 자신은 물론, 다른 사람에게도 계속해서 붙여왔습니다. 그래서 저는 강연에 사람들이 오지 않은 까닭은 어디까지나 '내 노력이 부족해서'라고만 믿었습니다.

비나이다, 비나이다.
달님, 정말 열심히 노력 많이 할 테니까
옥돔 한 마리만 부탁드려요.
엄청 열심히 살게요. 네?

필요한 건 이미
우리 안에 들어 있다

그런데 어느 날, '다 내 노력이 부족했기 때문'이라는 제 사고방식을 완전히 바꿔버린 결정적인 계기를 만났습니다.

다이어트 때문에 단식원에 들어가게 되었거든요.

그때 제 몸무게는 지금보다 11킬로그램이나 더 나갔는데, 그렇게 살이 찐 이유는 먹는 것을 너무 좋아했기 때문입니다. 제대로 먹지 않으면 몸에서 에너지가 솟아나지 않을 거라고 생각했습니다. 그러다가 체력이 떨어지면 좋은 아이디어도 떠오르지 않을 테고, 그러면 당연히 일도 제대로 못하게 될 거라고요.

"자고로 사람은 잘 먹어야 해. 먹는 게 남는 거지!"

이렇게 저 자신을 세뇌했던 겁니다.

하지만 먹는 것이 가장 중요하다는 생각도, 실은 제가 그렇게 믿고 싶었을 뿐이라는 사실을 점차 깨달았습니다.

경험해본 사람은 알겠지만, 단식이 시작되면 여하튼 힘듭니다. 온몸이 이렇게 외쳐대지요.

"밥 줘! 혈당이 떨어졌어, 머리가 아파, 힘들어, 속이 뒤집어질 것 같아. 몸이 제대로 움직이지 않아……."

그러나 여기는 단식원. 도망이라도 치지 않는 이상, 제아무리 아우성친들 끼니가 나올 리 없습니다.

'아, 이제 끝이구나. 이대로 죽는구나…….'

그런데 당연하겠지만, 이 정도 단식으로 사람이 죽거나 쓰러지지는 않지요.

인간 한 사람 한 사람의 몸에는 오랜 역사 속에서 맞닥트릴 수밖에 없었던, 빙하기와 전쟁과 기아처럼 식량 없는 극한 상황을 극복하고 살아남은 인류의 DNA가 들어 있다고 합니다.

다시 말해 우리는 기아 상태에 생각보다 익숙하다는 사실. 그렇기 때문에 우리 몸은 언제 먹을 것이 떨어져도 버틸 수 있도록 알아서 지방을 축적합니다.

먹을 것이 없을 때는 이미 저장해둔 지방을 쓰면 됩니다. 음식을 조금 안 먹는다고 해서 그리 쉽게 죽지 않습니다.

"밥 줘!" 이렇게 우리 몸이 외치는 이유는, 우리 몸에 이미 '있는데도' 불구하고 마치 '없는' 것처럼 에너지를 비축해 안심하고 싶어 하기 때문입니다.

'먹는 걸 좋아해서.' '먹지 않으면 힘이 나지 않으니까.'

단순히 먹고 안심하기 위한 변명들일 뿐입니다.

내 몸에 필요한 것들은 '이미 있다!' '이미 있으니까' 여분의 영양은 필요 없어. '이미 있으니까' 먹지 않아도 괜찮아.

참기 힘든 한계치를 넘겨버리자 진실이 이해되었습니다. 그렇게 스스로 납득하고 나니, 더 노력하지 않아도 몸무게가 쑥쑥 줄어들었습니다.

필요한 건 '이미 있다!'는 발상.

그 사실을 깨달은 순간, 제 안에서 어떤 스위치가 팍 하고 꺼졌다가 다시 켜지는 것 같았습니다.

아무것도 하지 않아도
가치는 있다!

그렇다면 단식과 열심히 노력하는 것, 대체 어떤 관계가 있는 걸까요? 지금부터가 본론입니다.

예전에 저는 '수강료는 최대한 더 싸게, 혜택은 더 많이!'

그렇게 해서라도 더 많은 사람들에게 강연을 알리는 게 중요하다고 생각했습니다. '더 싸고, 더 좋은 혜택이 있어야만 내 강연에 관심을 가져줄 것'이라는 전제를 너무나 당연하게 여겼던 겁니다.

강연을 알리기 위해 최선을 다하고 있다고 생각했지만, 실은 저 스스로가 '내 강연은 저렴하고, 별다른 혜택이 없으면 들을 가치가 없다'라는 말을 퍼뜨리고 있는 셈이었던 거지요.

퍼뜩 이런 생각이 들었습니다.

'잠깐, 나라는 사람이 정말 그 정도로 가치가 없나?'

자, 이제 단식을 했던 경험이 다시 등장할 타이밍이네요.

몸에 필요한 영양소는 '이미 다 있는데' 과식하던 나.

'이미 다 있는데'도 더 먹어야 한다며 불안해하던 나.

어쩌면 지금 강연을 대하는 제 모습은 단식하기 전의 제 모습과 같을지도 모릅니다.

조금이라도 더 싸고 혜택이 덤으로 붙어 있지 않다면,

열심히 노력해도 결과적으로 도움이 되지 않는다면,

나라는 사람에게는 달리 가치가 없다고 생각하고 있었던 것입니다.

하지만 사실은 다릅니다.

내 가치는 '이미 존재'하고 있는 게 아닐까요?

이미 나에게는 나만의 고유한 가치가 있는데,

너무 노력하지 않아도 충분히 인정받을 수 있는데,

'조금만 더, 더' 하고 끝없이 애써가며, 밖으로 드러나는 부분에만 이런저런 가치를 덧붙이려 한 게 아닐까요?

그래서 과감히 전제를 바꿔버렸습니다.

'내가 하는 강연은, 수강료가 비싸더라도, 사은품이 없다 해도 들을 가치가 있다!'

새로운 전제를 실험해보자는 마음에 곧바로, 그다음 강연의 수강료를 두 눈 딱 감고 두 배로 책정했습니다. 부가 혜택도 보너스도 사은품도 이벤트도 전부 없애고, 단순한 고지 정도로 강연을 알렸습니다.

그런데 강연 당일. 이전 강연의 3배도 넘는, 놀랄 만큼 많은 청중이 몰려와 강연장은 눈 깜짝할 새에 가득 찼습니다.

그야말로 귀신이 곡할 노릇이었습니다.

도대체 무슨 일이 일어난 걸까요?

그저 열심히 노력하는 것을 멈추었을 뿐인데, 생각지도 못한 긍정적인 결과가 돌아온 것입니다.

어렸을 땐 내 가시가 무척 싫었어.
얘 때문에 친구들이 가까이 오지 않는 것 같았고 말야.
그런데 이 가시들 덕분에 사막에서 버틸 수 있었던 거였어.
그때부터 내 가시들의 가치를 인정하게 되었어.
먼 훗날 빙하기가 오면, 네가 세상에서 가장 오래 버틸 수 있을 거야.
네 넘치는 뱃살의 가치가 비로소 빛을 발하는 거지!!

끝없는 결핍 때문에
멈추지 못하는 노력

지금까지는 늘 나 자신이 어딘가 부족하다는 생각에 자신감을 가질 수 없었습니다.

19년을 쉬지 않고 일했고, 출세도 했습니다. 부하 직원도 많았습니다. 월급도 꽤 많이 받았습니다. 그런데도 열등감은 사라지지 않았습니다.

애초에 자신에 대한 전제가 '나는 가치가 없다'였으니까요. 그렇게 출발해버렸으니까요.

'가치가 없다'고 생각했기 때문에 칭찬을 받아도, 출세를 해도, 제 안의 결핍은 채워지지 않았습니다. 언제나 '아직은 아니야' '아직 멀었어'라고만 생각했지요.

그 유명한 '컵에 담긴 물' 같은 상황이었던 겁니다.

컵에 물이 반이나 남아 있는데도 반밖에 없다고 초조해하며 계속해서 물만 더 부으려고 하는 사람…….

바로 저였습니다.

　내 안의 변변찮은 부분, 부족한 부분을 채우는 데 급급해, 옆으로는 눈길도 주지 않고 그저 열심히 하기만 했습니다.

　지금 열심히 애쓰고 있는 당신도 그렇지 않을까요?

　칭찬받고 싶어.

　인정받고 싶어.

　남들이 나 때문에 기뻐하면 좋겠어.

　그 말은 결국,

　'도움이 안 된다'는 말을 듣고 싶지 않아.

　'별 볼 일 없는 사람'이라는 말을 듣고 싶지 않아.

　'생각보다 일을 잘 못한다'는 말을 듣고 싶지 않아.

　이런 열등감의 이면이 아닐까요?

'나는 열심히 해야만 인정받을 수 있는 사람'이라고 생각하시나요?

개인 시간을 희생해서라도 야근을 도맡는다, 친구나 가족과의 약속을 취소해가며 쉬는 날 출근한다, 누군가가 부탁을 하면 싫다고도 못 하고 결코 대충대충 하지도 않는다.

열심히, 열심히, 너무나 열심히 한다…….

그러나 아무리 열심히 해도 결핍은 채워지지 않고, 다른 사람에게 생각만큼 인정받지도 못합니다. 아니, 그 정도에 그치지 않습니다. 심지어 자신의 몸과 마음을 망가트리고, 가정과 우정까지 깨버리는 등 스스로 인생 그 자체를 망쳐버리는 사람도 있습니다. 제가 그런 사람이었기 때문에 더 잘 압니다.

'열심히 노력해야만 인정받을 수 있는 사람.'
이 전제를 바꿔보시겠습니까?
거기서부터 시작입니다.

왜 이렇게 좁지?
왜 이렇게 시원하지 않지?
어떻게 해야 할지 모르고
그냥 열심히만 한다는게 이런 기분일까?

인정받지 못하는 이유는
당신에게 있다

'열심히 해야만 인정받을 수 있는 사람'이라는 전제가 붙는 한, 당신은 제대로 인정받을 수 없습니다.

앞서 언급한 강연회와 같은 맥락입니다.

스스로를 '열심히 해야만 인정받을 수 있는 사람'이라고 생각하는 건, 결국 '나란 사람은 그 정도의 인간일 뿐'이라고 말하는 것과 마찬가지입니다.

스스로 '나는 그 정도일 뿐'이라고 하는 사람을 남들이 굳이 칭찬해줄 이유는 없으니까요.

테이블 위에 커피 잔이 하나 놓여 있다고 가정해봅시다.

당신은 그 커피 잔을 보며 이렇게 말합니다.

"아, 이 잔 진짜 별로다. 모양도 평범하고 색도 무늬도 참신하지 못한 게 정말 마음에 안 드네."

그러면 주위에서도 '그러게. 정말 그저 그런 커피 잔이네' 하며 당신 말에 동조할 겁니다. 그 잔이 떨어져 깨진다 한들 그 누구도 신경 쓰지 않겠지요.

"당신도 그 잔이 별로라면서요. 그러니 어떻게 되든 상관없지 않아요?"

그렇게 누구도 그 잔을 소중히 다루지 않게 될 것입니다.

하지만 반대로 같은 커피 잔이라도,

"이 잔 참 괜찮지? 색도 모양도 멋져서 내가 제일 좋아하는 잔이야."

당신이 이렇게 칭찬을 아끼지 않는다면 어떨까요?

주위에서도 '정말 그렇네. 멋지네' 하며 커피 잔을 좋게 평할 확률이 높습니다. 그리고 당신이 소중하게 생각하는 잔이니 더 조심해서 사용하겠지요.

다시 말해, 당신이 스스로를 먼저 인정하지 않으면 남들도 당신을 인정하지 않습니다.

당신이 자신을 소중히 여기지 않으면 남들도 당신을 귀하게 여기지 않습니다. 지극히 단순한 논리입니다.

최선을 다하는데도 왜 인정받지 못하는 걸까요?

당신 스스로 '나는 열심히 해야만 인정받을 수 있는 사람'이라고 생각하기 때문입니다.

이유는 오로지 그 하나입니다.

'이렇게 열심히 하는데 왜 아무도 알아주지 않는 거야?'라고 툴툴대면서 주위를 원망하는 건,

'이 커피 잔 별로야'라고 먼저 말해놓고는 '그러게. 확실히 뭔가 좀 부족한 것 같네' 하고 남들이 동의하면 도리어 언짢아하는 것과 같습니다.

상대방 입장에서는 당신이 그런 태도를 보이면 '당신이 먼저 본인 입으로, 스스로 별 볼 일 없는 사람이라고 했잖아요. 그러니 이 사람은 그런 사람인가 보다라고 생각했을 뿐인데……' 하며 당황하겠지요.

지금까지 당신이 아무리 노력해도 인정받지 못한 이유는, 스스로 자신을 인정하지 않았기 때문입니다.

"그럼 그게 전부 다 제 탓이었다는 건가요?"

네. 그렇습니다.

당신이 이미 자신에 대해 그렇게 평가해버렸으니까요.

열심히 하지 않아도
나는 이미 소중해!

지금까지 나에 대한 평가는 다른 사람이 해주는 거라고 생각했나요?

누군가 '저 사람 훌륭하네!'라고 했다.

누군가 '저 사람 일 잘하네!'라고 했다.

누군가 '저 사람 대단해!'라고 했다.

당신은 자신의 가치가, 다른 누군가의 말 한마디로 정해지는 거라고 생각했나요? 그래서 누군가에게 칭찬받으려고 열심히 했고, 기대에 부응하려고 노력하고, 인정받지 못하면 '아직 내가 부족해서 그렇구나. 노력이 모자랐어'라고 자책하면서 더 열심히, 더 열심히, 더 열심히……

매번 똑같은 상황의 반복입니다. 악순환입니다.

사실 스스로에 대한 평가는 자신이 해야 합니다. 아니, 자신이 평가해도 괜찮습니다.

이제 나 자신에 대한 전제를 바꿔보세요.

'나는 열심히 해야만 인정받을 수 있다'→ '나는 열심히 하지 않아도 대단한 사람이다.' 그것만으로 충분합니다.

그리고 나서 이제 입으로 소리 내어 말해보세요.

"나는 대단해!"

"나는 최고야!"

"나는 고유하고 소중한 존재야!"

이 둥글고 완벽한 몸매,
매끈매끈한 피부,
환한 인상 좀 봐.
언제나 낙천적인 성격까지⋯

남들이 뭐라 한들
나는 이미 100점짜리 물개야!

열심히 노력해야
인정받을 수 있다는 선입견

　지금까지 계속 고개를 끄덕이다가 갑자기 마음이 흔들리면
서 고개를 갸우뚱하는 분들도 있겠지요.
　'나는 별로 대단하지 않은데……' 하면서 자신이 대단하지
않다는 이유를 끊임없이 생각해냅니다.

　나는 무슨 일을 하든 작심삼일이야. 금방 싫증 내.
　워낙 집에서 뒹굴거리는 걸 좋아하고 게을러.
　입사 문턱에서 매번 미끄러지네.
　난 기억력이 형편없어.
　그리고 또 나는, 나는, 나는…….

　그런데 사실은, 이런 점이 바로 지나치게 노력하는 사람의
전형적인 모습입니다.

성실하고 향상심이 많기 때문에 무의식적으로 자신의 단점이나 고쳐야 할 부분을 스스로 먼저 지적해버립니다. 그리고 '이렇게나 많이 부족한 나'이니까, '나는 열심히 해야만 인정받을 수 있다'라고 생각하고야 맙니다.

열심히 해야만 인정받을 수 있다.

이 전제를 만든 요인 중 하나는, 우리가 어린 시절에 부모님에게 칭찬받으며 자랐다는 겁니다. 물론 아이를 칭찬으로 키우는 건 좋습니다. 단지 칭찬하는 방식에 문제가 있습니다.

시험 성적이 좋아서 칭찬한다.
정리정돈을 깨끗이 해서 칭찬한다.
인사를 잘해서 칭찬한다.
열심히 해서 칭찬한다.
무언가를 잘해서 칭찬한다.

이렇게 아이에게 '조건부 칭찬'을 하는 부모가 많다는 점입니다. 성장기에 부모로부터 조건부 칭찬을 받은 기억은 마음 속 깊이 각인됩니다.

시험에서 100점을 받았더니 부모님이 칭찬해주셨다.
하지만 90점을 받으면 아쉽다는 표정을 지으신다.

'아, 역시 더 열심히 해야 하는구나.'
'열심히 하지 않으면 부모님이 싫어하실 거야.'
이런 공포 마인드가 우리에게 착 달라붙어서 어른이 되고 나서도 쉽게 떨어져 나가지 않습니다.

인정받고 싶어서 쉬지 않고 달린다.
인정받는 게 기뻐서 계속해서 달린다.
인정받지 못할까 봐 무서워서 이제는 달리기를 멈출 수가 없다.

내가 열심히 해도, 열심히 하지 않아도, 내가 실패해도, 문제를 일으켜도, 부모님이 아무 조건 없이 '너는 지금 네 모습 그대로 훌륭해'라고 있는 그대로 인정해준다면…….

우리는 이렇게 지쳐 쓰러질 때까지 열심히 하지 않아도 괜찮을지도 모릅니다.

하지만 현대 사회에서는 대부분의 부모가 자녀에게 "열심히 해!"라는 응원의 메시지를 끊임없이 보냅니다.

지나간 일을 들춰내어 '트라우마가 됐다'고 한탄한들, 부모 탓으로 원망한들 이 방법으로는 나아갈 수 없습니다. 그렇다면 지금부터라도 내가 나를, 아무 조건 없이 있는 그대로 인정해주면 됩니다.

열심히 하지 않아도 나는 나 자체로 대단해!

그렇게 생각만 해도 충분합니다.

나는 내 살집이 든든해!
나는 내 가시가 자랑스러워!
열심히 하기 전부터 우리는 이미 대단한 존재들이야!

열등감에 얽매이는 건
이제 그만!

앞서 언급했던 단식을 통해 깨달은 사실은,

나의 가치는 내 안에 '이미 존재하고 있다'는 사실입니다.

그리고 '열심히 하지 않았는데도' 많은 사람이 들으러 와주었던 그 강연회.

저는 그 두 가지 경험을 통해 달라지기 시작했습니다.

'나의 이런 면이 잘못됐어.'

'지금의 나로서는 불가능해.'

이렇게 단점만 헤아리던 행동을 그만두기로 결심한 겁니다. 대신 언제고 '나는 이미 대단해!'라고 생각하기로 마음먹었습니다.

그 후로는 일하는 방식이 완전히 변했습니다.

한마디로 '마음 가는 대로 하자'로요.

예를 들면, 그동안 후배 심리 카운슬러를 양성하기 위해 교토와 도쿄 양쪽에 열었던 학원을 그냥 교토 한 곳으로 몰았습니다. 간단한 이유입니다. 제가 교토에 사니까요. ^^

솔직히 도쿄까지 오가는 게 귀찮기도 했고, 매번 이동하는 것도 피곤한 일이었습니다. 그리고 일부러 도쿄에 학원을 열었던 이유가 내 안의 '다른 사람에게 잘 보이고 싶어 하는 마음' 때문이라는 사실도 깨달았기 때문입니다.

"(나 때문에) 일부러 교토까지 오시게 하는 건 죄송스럽다."

"(부족한 내가) 더 노력해서 여러분이 있는 곳으로 가겠다."

이래서는 '이런 저를 위해 일부러 먼 곳까지 와주셔서 송구합니다' 하며 비굴한 태도로 머리를 숙이는 것과 마찬가지. 그렇게 자신감 없는 강사의 강연을 듣고 싶어 하는 사람도 없을 겁니다.

사람이 자신을 지나치게 낮춘다는 건, 스스로를 '그 정도 수준밖에 안 되는 인간'이라고 과소평가하기 때문입니다.

그래서 전제를 바꾸었습니다. '나는 이미 대단해!'로요.

그랬더니 자연스럽게 도쿄의 학원은 그만두자는 결론이 나왔습니다. 저는 경영자이기도 합니다. 회사 입장에서 매출을 생각한다면 교토와 도쿄 두 곳에서 학원을 운영하는 편이 당연히 이득입니다. 하지만 마음이 이끄는 대로, 하고 싶은 일은 하고 싶은 대로 해보자고 생각한 겁니다.

나는 대단해!

'그렇게 생각하기 시작하면, 비굴한 상태에서는 빠져나올 수 있다 해도 도리어 거만해지지 않을까?'

이런 걱정을 하는 분도 있겠지요. 하지만 그 반대입니다. 오히려 스스로를 '이미 대단하다!'고 생각하기 때문에, 더 이상 남들로부터 대단하다는 칭찬을 바라지 않게 됩니다.

더 대단한 사람인 양 허세를 부릴 필요도 없고, 비굴해질 필요도 없고, 꾸며낸 겸손도 필요 없습니다. 자연스러운 내 고유의 모습으로 존재할 수 있습니다. 비굴한 나 자신을 감추려 들다가 오히려 더 거만해지는 겁니다.

‘나는 대단해!’
이 생각만으로도 행운이

　매출이 절반으로 줄어들(!) 각오를 하고, 저는 교토 한 곳에서만 학원을 운영했습니다.

　그런데 막상 뚜껑을 열어보니, 의외로 교토까지 더 많은 분들이 방문해서 결과적으로는 전보다 더 많은 매출을 올릴 수 있었습니다.

　지금도 계속해서 학원과 강연회의 수강생은 늘고 있습니다. 일이 수월해지니 매출이 배로 늘었습니다. 또 1년 전에 출간한 책이 갑자기 날개 돋친 듯 팔려나가기 시작하면서 출판사로부터 연락이 쇄도했습니다.

　우선 나 스스로 나를 인정하기 시작하면, 누군가에게

　‘고코로야라는 사람, 대단하던데.’ ‘그 사람 책 참 명쾌하고 재미있어.’

　이런 칭찬을 듣고 싶어서 애쓰고 매달릴 필요가 없습니다.

증거 따위 상관없이, 나는 이미 대단하니까요!

그러니 너무 열심히 글을 쓰지 않습니다.

너무 열심히 홍보하지도 않습니다.

그렇게 저는 '너무 열심히 하지는 않는 사람'이 되었습니다.

그러나 그렇게 열심히 하지 않아도, 덕분에 책도 잘 팔리고 TV 방송에 출연할 기회도 얻었습니다. 눈앞에 연이어 새로운 문이 나타나고, 그 문이 자동으로 열리기 시작했습니다.

저는 직장인이었고 심리학을 전문적으로 공부하지 않았습니다. 카운슬러로서는 출발이 늦었고, 특별한 능력이나 재능도 없었습니다. 그런 제가 카운슬링계의 문을 열 수 있었던 까닭은 단 하나의 사실을 깨달았기 때문입니다.

지금까지 계속 언급한 '나는 이미 대단해!'를 저 자신의 전제이자 모토로 삼았다는 겁니다.

'나는 대단해!'

그저 계속 그렇게 생각할 뿐입니다.

실적도 없고, 대단하다고 생각되지 않아도 그렇게 믿기로
결심했습니다.

자신에 대한 전제를 바꾸어 생각하는 것만으로도 인생의
브레이크가 풀립니다. 능력을 갈고닦거나 무엇인가를 손에
넣거나 주위 사람을 변화시키지 않아도 됩니다.

그저 생각하는 것만으로 인생에 기적이 시작됩니다.

허풍이라고 생각되나요? 그런데, 사실입니다.

그러니 거짓말인지 사실인지 꼭 실천해보세요.

생각하는 건 어려운 일이 아니니까요!

2장에서는 전제를 바꾸어 기적을 일으키는 방법에 대해 더
자세히 이야기하겠습니다.

'나는 대단해!'
그렇게 생각했을 뿐인데
언젠가부터 이 친구들이 다가왔어요.
이제는 외롭지 않아요.

너무 열심히 하는 이유는
'나는 가치가 없다'는 전제를 두었기 때문이다.
나의 가치는 내 안에 '이미 존재한다.'

★

남에게 인정받지 못하는 이유는
스스로가 자기 자신을 인정하지 않기 때문이다.

★

자신에 대한 평가는 스스로 해도 된다.
'열심히 하지 않아도 나는 이미 대단해!'라고 믿자.

★

열심히 했을 때만 부모에게 칭찬받은 사람은
어른이 되어서도 칭찬받고 싶어서 계속 달리기만 한다.

★

성실하고 향상심이 많은 사람은 자신의 단점만 찾아낸다.
이제 자기 자신을 아무 조건 없이 인정하자.

★

열심히만 하는 것을 그만두면 기적이 일어난다.

'나는 이미 대단해!'
오늘부터 네 인생을 바꿀 주문이야!

BibiDi
BabiDi
Boo!

2장

평범한 인생을
한순간에
바꾸는 마법

근거가 없다 해도
'나는 이미 대단해!'

"나는 대단해!"

"나는 열심히 하지 않아도 이미 소중한 사람이야."

이렇게 나에 대한 전제를 바꾸었더니 인생이 갑자기 달라지기 시작했다!

여기까지가 1장의 내용이었습니다. 그래도 지금 단계에서는 '고코로야 씨는 대단할지 몰라도, 저는 아직도 전혀 제가 대단한 것 같지 않아요'라고 딱 잘라 말하는 분도 많습니다.

네, 그럴지도 모릅니다. 생각을 그렇게 간단히 바꿀 수 있다면야 고생하는 사람은 아무도 없을 테니까요.

자, 그럼, 대단하지 않다 해도 나 자신을 '그런 셈 치면' 어떨까요? 이어지는 반론의 목소리가 들려오는 것 같네요.

"'그런 셈 치자'라니⋯⋯ 불가능한 망상이라고요!"

흠⋯⋯. 이거야 원, 정말 아직도 갈 길이 멀군요, 우리!

셀프 이미지 속 당신은
어차피 가공의 인물

그렇다면 당신이 스스로를 대단하다고 여기지 못하는 이유는 도대체 무엇입니까?

"그야 제가 '대단하다'는 근거가 없으니까요."
"그렇군요. 그럼, '대단하지 않다'는 근거는 있습니까?"

그러면 대부분 '아……!' 하고 순간 말문이 막혀버립니다.

맞습니다. '나는 이미 대단해!'라는 근거 따위는 없을 수도 있습니다. 하지만 '나는 대단하지 않아'라는 근거도 실은 별로 없습니다.

물론 이런저런 서툰 면도, 단점도 많겠지요. 그렇다고 해도 당신이 '대단하지 않다'는 근거로 삼기에는 부족합니다. 오히려 반대로 꽤 잘하는 일들이 분명 더 많겠지요.

그런데도 굳이 '대단하지 않다'라고만 믿고 있다니요!

같은 무게의 시선인데 왜 스스로를 부정적인 저울 쪽으로 몰아가는 건가요?

'이미 대단한 나 자신'을 섣불리 믿지 못하는 겁니다.

지금의 나로는 너무 부족해.

내일 더 행복하려면 오늘 더 열심히 노력해야만 해.

노력하지 않는 나는 가치가 없어.

도대체 누가 정해놓은 법칙인가요?

사람들은 자기 자신에 관해서는 잘 알지 못합니다.

그렇기 때문에 지금까지의 경험과 나에 대한 사람들의 평가를 종합해서 막연히 '나는 이런 사람'이라는 이미지를 만들어냅니다. 바로 '셀프 이미지(자아상)'입니다.

셀프 이미지 속에서 당신은 '이미지(image)'라는 말 그대로 '상상의 인물' 즉 가공의 인물입니다.

과거에 칭찬받은 일, 인정받은 일 같은 긍정적인 기억만을 연결해 합하면 '훌륭하고 멋진 나'를 만들어낼 수 있고, 바보 취급을 당했던 일, 혼났던 일처럼 부정적인 기억만을 연결해 합하면 '변변찮고 매력 없는 나'가 완성됩니다.

지극히 단순한 조합일 뿐인데, 도대체 언제부터 스스로를 그렇게 부정적인 이미지로만 생각해온 건가요?

'어차피 나 같은 사람……'이라며 스스로를 비하하는 당신.

'정말로 멋지네요. 대단해요!' 이렇게 칭찬받은 순간도 분명 많을 텐데 그저 없던 일로 치부한 채, 그 기억들을 봉인하고 있는 건 아닌가요? 되짚어보면 그저 소수에게서 싫은 소리를 들었을 뿐인데 거기에만 계속 얽매여 있는 게 아닐까요?

셀프 이미지는 그다지 믿을 만하지 않습니다.

그렇기 때문에 '나는 대단하지 않다'는 근거도 불확실한 겁니다.

그러니 '대단하다' vs '대단하지 않다' 그 어느 쪽도 근거가 없다면, '대단하다'는 긍정적인 쪽을 믿으면 그만입니다.

바로 '그런 셈 치자'는 사고방식입니다. 지금까지는 그저 스스로를 '대단하지 않은 셈 치고' 있었을 뿐인 겁니다.

방향을 바꾸면 시선이 달라집니다.

어차피 '알 수 없는 세상'
긍정을 선택하자!

인정받고 싶다, 인생의 휴식기를 가지고 싶다,

부자가 되고 싶다, 인기 있는 사람이 되고 싶다,

보람을 찾고 싶다, 월급이 올랐으면 좋겠다,

최고의 영업사원이 되고 싶다, 창업을 하고 싶다,

사랑받고 싶다, 당당하고 싶다.

그 어떤 희망이든 괜찮습니다.

희망을 이루기 위한 구구절절한 논리는 필요 없습니다.

어쨌든 이루어진다! vs 어쨌든 이루어질 리 없다!

이렇게 두 개의 길이 놓여 있다면 '어쨌든 이루어진다!'라
는 선택을 하면 그만입니다. 이유 따위는 필요 없습니다.

하루하루 기분부터 달라지기 시작하고, 당신의 생각을 뛰
어넘은 마법 같은 일들이 펼쳐질 겁니다.

그 마법을 일으키는 비결이 지금까지 계속 제가 언급해온 말입니다. 바로 '나는 이미 대단해!'라고 생각하기.

우리가 마음으로 긍정을 선택하면 긍정의 에너지가 몰려들 확률이 높아집니다. 고약한 냄새에 파리가 끓고 향기로운 냄새에 벌과 나비가 날아오듯 자연스러운 섭리입니다.

상상만으로도 충분히 행복해지지 않나요?

'나는 이미 대단해!'라고 생각하는 것만으로도 소망이 이루어질 확률이 높아지니까, 더 쉽게 실천할 수 있습니다.

긍정적인 생각에는 어떤 위험도 없습니다. 긍정적인 방향을 선택하는 데 아주 커다란 노력이 필요하지도 않습니다.

이처럼 편하고 유용한 선택이 또 어디 있겠습니까?

그래서 저처럼 평범한 사람도 실천할 수 있었던 겁니다.

저는 요즘 TV 방송에 출연하고 있습니다. 저는 그리 유명하지도 않고 심리학 분야의 권위자도 아닙니다. 조용한 지방에 살고 있는 아주 평범한 카운슬러일 뿐입니다.

그런데도 방송국 관계자가 저를 발탁했고, 어째서인지 좋은 자리에 배치해 중요한 관계자로 대우합니다. 많은 사람들이 제 조언에 귀를 기울이고 제 메시지에 위로를 받고 성격을 바꿉니다.

　그야말로 '알 수 없는 세상', 거짓말 같은 현실입니다.

　'누가 뭐라 해도 나라는 사람은 멋지고 대단해! 어쨌든 그렇게 여기자!'

　이렇게 마음먹었을 뿐인데, 그 뒤 제 인생에 다양한 마법이 펼쳐지고 있는 겁니다.

　위치도 분위기도 매우 비슷한 이탈리안 레스토랑이 두 곳 있습니다. 한 곳은 사람들에게 무척 인기가 많지만, 다른 한 곳은 손님이 적습니다. 양쪽 가게 다 맛도 좋고 친절한데도 말입니다. 왜 이런 차이가 생기는 걸까요? 다양하게 분석해볼 수는 있겠지만 역시 그 이유들이 전부라고는 할 수 없습니다.

　역시 '알 수 없는 세상일'이네요.

우리가 머리로 이성적으로 생각해서 대답할 수 있는 세계는 지극히 일부입니다. 그리고 그 앞에는 알 수 없는 세계가 끝없이 이어져 있습니다. 우리가 생각할 수 있는 세상이란 빙산의 일각일 뿐. 이 세상에는 우리의 상식을 초월한 믿을 수 없는 일들이 많이 일어나고 있답니다.

다만 확실한 건, 긍정이 부정을 부르는 확률보다 긍정이 긍정을 부르는 확률이 더 높고 자연스럽다는 사실뿐.

긍정적인 기적이 당신만 피해 다니는 것 같나요?

그렇다면 당신이 '어차피 나는 운이 나빠'라고 먼저 단정 짓고 있기 때문입니다. 알 수 없는 이 세상에 비해 참 작은 당신의 울타리 안에 갇힌 채, '세상이란 결국 그렇고 그렇다'고 굳게 믿고 있기 때문입니다.

부정적인 선입견을 버리세요. '나는 대단한 사람!'인 셈 치세요. 대단하고 긍정적인 당신에게 찾아오는 기적을 맞이할 준비를 해야 할 시간입니다.

'알 수 없는 세상'
긍정으로 즐겨봐요!

아직도 반신반의하는 분들을 위해 제 경험담을 하나 더 털
어놓겠습니다.

저는 늘 제 다리가 짧다고 생각해왔답니다. 그래서 지금까
지 그 약점을 감추려고 온갖 노력을 다했습니다. 다리가 길
어 보이는 바지 고르기, 다리가 길어 보이는 키높이 신발 신기
등. 참 부질없는 노력이었지요.

그런데 어느 날 이렇게 결심했습니다.

'내 다리는 길다! 길다고 생각하자! 그런 셈 치자!'

어찌 되었든 '그런 셈 치기' 이론은 제 인생에 기적을 일으
켰으니까요. 그래서 짧은 제 다리에도 마법을 걸어보자는 심
산이었던 겁니다.

그 뒤 어떤 마을을 한가로이 산책하고 있을 때였습니다.

첫눈에 '와, 정말 훌륭한데!' 하는 생각이 들 만큼 멋진 청바지를 우연히 발견했습니다. 그때까지도 여전히 짧은 다리에 대한 열등감이 완전히 사라지지 않았기 때문에, 저는 옷가게에서 바지를 입어보기도 싫었습니다.

'밑단을 많이 줄여야 하면 정말 창피하잖아.'

이렇게 생각하곤 했습니다. 저는 남들 앞에서 멋있게 보이길 바라는 사람이었으니까요.

슬쩍 보니 네덜란드 제품. 네덜란드 사람은 분명 다리가 더 길 텐데. 게다가 점원은 왜 항상 이럴 때만 젊고 귀여운 여성인 건지……. 부끄러움만 두 배로 커질 뿐.

'아, 어쩌지…….'

잠깐 망설이다 이내 제가 했던 결심이 떠올랐습니다.

'맞아. 내 다리는 길다고 여기기로 했잖아. 그래, 그걸로 됐어. 다 괜찮아. 아니면 말고!'

이렇게 혼자서 단단히 각오를 굳힌 뒤, 가게에 들어가 그 청바지를 입어보았습니다.

그런데 이게 웬일? 청바지 길이가 다리에 완전 딱!

'뭐야, 이거 설마?'

이미 놀란 제게 점원이 방긋 웃으며 확인 사살을 했습니다.

"손님, 롱다리시네요!"

다시 한 번 맹세하지만 여러분, 이 이야기는 전부 사실입니다. 믿어주세요. '그런 셈 치자!'라는 긍정이 발휘하는 힘이 이렇게나 엄청납니다.

물론 점원의 물건을 팔기 위한 립서비스일 수도 있습니다.

하지만 그게 중요한가요? 저는 전과 달리 정말로 다리가 길다는 말을 들었습니다. 그리고 그런 경험이 제게 손해가 아니라 즐겁고 행복한 영향을 주었습니다.

애초에 중요한 건 다리 길이가 아닙니다. 다리가 어떻게 보이느냐가 더 중요하지요. 그 청바지는 제게 아주 잘 어울렸고, 그러니 더 날씬하고 다리가 길어 보였던 겁니다.

'그런 셈 치자!'라고 긍정하니 정말 이루어졌습니다!

이런 경험을 한 지인도 있습니다.

그녀는 어두운 피부색 때문에 늘 고민이 많았다고 합니다. 그러던 어느 날 '그런 셈 치기' 긍정 이론을 직접 시험해보고 싶어서 '내 피부는 최고라고 여기자!'라고 결심합니다.

주위 친구들은 처음에 그 이야기를 듣고 '아, 그건 좀 무리가 아닐까?' 하고 모두 웃었다네요. 그 여성분의 피부는 소위 말하는 백옥 같은 피부라고 하기엔 좀 까무잡잡했으니까요.

하지만 결국 그녀에게도 긍정의 기적이 일어났습니다.

어느 날부터인가 주위 사람들로부터 다양한 칭찬이 쏟아지기 시작했습니다. 피부에 잡티가 보이지 않는다, 흑구슬처럼 건강하게 빛나는 피부다 등등.

장난 같은 말이라고요? 시시한 이야기라고요?

그렇다면 더더욱 어렵지 않습니다.

지금 당장, 쉬운 장난처럼 '그런 셈 치기'를 시작해보세요.

하루하루가 '장난 아니게' 달라질 테니까요!

'당신이 대단하다!'는
증거는 계속된다

이렇게 '그런 셈 치기'를 일단 실행에 옮겨보면, 소망이 이루어지는 증거가 계속해서 모이기 시작할 겁니다. 그러니 여러분도 이 마법을 꼭 시험해보시기 바랍니다.

'나는 빨리 달릴 수 있는 셈 치겠다.'

'나는 인기 있는 사람인 셈 치겠다' 등등.

사소한 것, 말도 안 되는 일, 그 어떤 소망이든 상관없습니다.

당신이 되고 싶은 이상형의 모습으로, '난 이미 다 이루었다'라 치고 입으로 소리 내 말하는 겁니다. 그렇게 하면 정말로 긍정적인 실현에 더 가까워진다는 걸 깨닫게 됩니다.

처음에는 게임처럼 시작해도 좋습니다.

제 경험상 빠르면 24시간 안에, 늦어도 3일 안에 '이게 그 긍정의 증거인 걸까?'라고 생각되는 일들이 벌어질 겁니다.

자, 지금부터 당신이 대단하다는 증거를 수집해봅시다.
너무 많아서 깜짝 놀랄 거예요!

달리는 시간이 단축되기 전부터 '생각보다 재빠르네'라는 말을 듣게 될 겁니다. 인기 폭발!까지는 아니라 해도 이 사람 저 사람에게서 전화나 메일이 자주 올 겁니다.

그런 일들을 모두 긍정의 증거로 받아들여도 괜찮겠지요.

매순간 또 어떤 긍정적인 일이 일어날지 두근거리는 마음으로 기다리는 것. 그 역시 행복이랍니다.

'나는 대단해!'라는 증거가 모이기 시작하면, 맨처음 '나는 대단한 사람인 걸로' 여겼던 마음이 '나는 대단한 사람일지도'로 바뀝니다. 증거가 더 많이 모이면 '대단할지도'가 '역시 대단해!'라는 확신으로 바뀝니다.

당신 안의 '나는 대단해!'라는 긍정 스위치가 이렇게 빛나기 시작합니다. 아주 자연스럽게 '나는 대단해!'가 자신에 대한 전제가 되는 겁니다.

하루하루의 주문
'어쨌든 나는 대단해!'

당신은 이미 대단해요! 최고예요! 인정받을 가치가 있어요!

그런 증거들은 주변에 이미 많았습니다. 단지 깨닫지 못했을 뿐이지요. 대신 당신은 '별 볼 일 없는 자신'에 대한 증거 수집에있어서는 마치 셜록 홈스 같았습니다.

'저것 봐. 또 싫다는 표정이야. 역시 내가 분위기를 못 맞추는 건가' '무시했어. 역시 나를 싫어하는 거야' 등등.

"어차피 나는……." 이 말이 입버릇은 아닌가요?

"괜찮습니다. 어차피 저야……." 그렇게 주위를 두리번거리며 별 볼 일 없는 나에 대한 증거만 열심히 찾고 있는 당신.

그 정보 수집 능력을 다른 쪽에 사용해보세요. '어차피 나는……'이라는 생각이 들 때면 이렇게 바꿔 말해보는 겁니다.

"어쨌든 나는 대단해!"

그것만으로도 우리 인생은 바뀝니다.

"어쨌든 나는 사랑받고 있어." "어쨌든 나는 인정받아."

"어쨌든 나는 훌륭해."

'어쨌든 나는 (긍정적으로) 그렇다'고 여기는 겁니다.

그러다 변변찮은 내 모습을 발견하게 된들, 스스로 '변변찮은 나라도 괜찮아!'라고 여기는 걸로 충분합니다.

소리 내어 말하면 이루어지는 긍정의 언어

'그런 셈 치자!'에서 '정말 그렇다'로 실현되려면, 실제로 소리를 내어 말해보는 게 효과적입니다.

당신을 미용사라고 가정하고 이렇게 말해보세요.

"나 자신을 '카리스마 넘치는 미용사'라고 여기자."

"나 자신을 '손님이 끊이지 않는 미용사'라고 여기자."

자, 어떤 기분이 듭니까? 부끄럽다? 조금 의욕이 솟는다?

입 밖으로 내뱉었을 때 부끄럽다고 느껴지는 말일수록 당신에게 중요한 말입니다. 그 말이 바로 성장을 가로막고 있는 장애물일 가능성이 크기 때문입니다.

사실은 카리스마 넘치고 손님들이 끊임없이 찾는 잘나가는 미용사가 되고 싶다, 그런데 당신은 부끄러워서 '아직은 그렇지 않다고' 여기고 있는 겁니다. 스스로 잘나가지 못하는 미용사, 인정받지 못한 미용사에 머무르려고 합니다.

마음이 참 기묘하지요? 아무리 열심히 노력한다 해도 스스로를 '인정받지 못하고 있다'고 여기는 한, 다른 사람들도 당신을 인정하지 않는 게 당연합니다. 다들 제대로 인정할 준비가 되어 있는데 당신이 받아들이지 않고 있는 겁니다.

부끄럽다고 느껴지는 말일수록 진심에 가깝습니다. 정말로 바라고 있는 당신의 모습입니다.

자, 그럼 이제 말해보세요.

"어쨌든 나는 인정받는 사람." "어쨌든 나는 멋지고 인기가 많아." "어쨌든 나는 부자이고 우아하고 화려한 게 어울려."

"어쨌든 나는 일 잘하는 능력자."

그게 당신의 소망이라면 '나는 이미 그렇다'라고 긍정하는 것으로 충분합니다. 당신을 가로막고 있는 장벽이 사라지면서 당신의 바람이 반드시 이루어질 거예요!

나.는.대.단.해!

진정한 자신감은
열심히 노력해서 얻는 게 아니다

'어쨌든 나는 대단해!'

이 말이 차마 입 밖으로 나오지 않는다는 누군가가 이렇게 말했습니다.

"자신 있다고 당당히 말할 수 있도록 열심히 하겠습니다!"

네? 뭐라고요? 그거, 반대로 해야 하는 건데요!!

많은 분들이 저렇게 거꾸로 생각합니다.

스스로에게 자신감을 가지려면 먼저 '내가 좋아할 만한 나 자신' '자랑스러운 나 자신'이 되어야 한다고.

그래서 열심히 해서 자격증을 따고 싶어 합니다. 열심히 밤을 새워 공부해서 별 볼 일 없는 나 자신을 극복하겠다고 합니다. 열심히 노력해서 재능을 더욱 연마하려고 합니다. 결과를 남기고 싶어 합니다. 그렇지 않으면 자신감을 가질 자격이 없다고 생각하기 때문입니다.

저 역시 그랬습니다. 자신감이 없으니까 나의 부족한 부분, 좋지 않은 점을 보완하려고 더, 더, 더 열심히 노력했습니다.

하지만 아무리 열심히 한들 위에는 그보다 더 위가 있는 법. '아직도 부족해. 더 노력해서 모자란 부분을 보충해야 해.'

능력과 지식과 재능을 익혀야만 자신감을 가질 수 있다고 생각했던 것입니다. 이것이 〈조건부 자신감〉입니다.

그러나 자신감은 더하기 빼기로 만들어질 수 있는 게 아닙니다. 더 높은 곳의 나를 찾으려 할수록 자신감은 내 안에서 점점 더 사라지기만 할 뿐······. 특별한 자격증도 없고 자랑스러워할 만한 장점도 없고 내세울 만한 특기도 없는 나. 약한 나. 별 볼 일 없는 나. 서투르고 재미없는 나.

그런 자기 자신도 있는 그대로 인정하는 것.

그런 자기 자신을 '그래도 괜찮아' 하고 '받아들이는' 것.

바로 〈무조건적 자신감〉입니다.

진정한 자신감이란, 있는 그대로의 나 자신을 '그래도 나는 고유하고 대단해'라고 생각할 때 시작됩니다.

그저 열심히 노력했다고 해서 자신감이 붙는 게 아닙니다. '나는 대단해'라고 생각할 수 있으니 자신감이 생기는 겁니다. 그래서 앞에서 순서가 반대여야 한다고 했던 겁니다.

자신이 어떤 모습을 하고 있을지라도 '이미 대단하다'고 생각하는 겁니다. 죽는 날까지 더 높은 곳에 있는 '자신감 찾기' 여행만 계속하는 사람은 결코 하루하루를 즐길 수 없습니다.

이런 내가 자.랑.스.러.워!

믿기만 해도
한계를 뛰어넘을 수 있다

자, 지금까지 당신이 열심히 해서 손에 넣으려고 한 것은 무엇입니까? 좋은 평판? 돈? 인기? 자유? 애정?

무엇을 추구했던 간에, 그것을 손에 넣기 위해서는 '생각하기', '생각해보기'가 우선입니다. 앞서 언급했던 진정한 자신감을 갖는 방법과 같습니다.

'열심히 해서 손에 넣는 것이 아니다, 스스로 '나는 대단하다'라고 생각하니까 그에 어울리는 무엇인가가 들어온다.'

현실은 생각하는 대로, 말하는 대로 이끌려 옵니다.

"흔히들 말하는 '끌어당기는 힘'과 같은 건가요?"

누군가는 이렇게 질문할 수도 있겠지요.

하지만 글쎄요, 이건 조금 다른 문제입니다.

확실히 원하는 바를 이미지로 만들면 실현될 가능성이 높아집니다. 저 역시 그 방법을 자주 썼고요.

이미지는 구체적으로 그리면 그릴수록 빨리 실현된다고 들은 기억이 있어, 원하는 바를 목록으로 만들어본 적도 있습니다. '이런 사람이 되고 싶다'고 꿈꾸던 이상형들의 모습도 목록으로 정리했습니다.

목록을 만들면 목표가 명확해지기 때문에 그 목표를 향해 더 열심히 노력할 수 있습니다. 그리고 실천해보면 어느 정도는 실현됩니다. 열심히 하고, 더 열심히 하고, 조금 무리를 해서라도 어떻게든 목표에 도달할 수 있습니다.

그렇지만 이런 경우, 손에 닿을 수 있는 범위는 어디까지나 내가 그린 이미지 안에서만 가능합니다.

"내가 그만큼 열심히 했는데 이렇게 되는 건 당연하지."

이런 정도랄까요. 상상했던 범위 안에서 이미 예상하고 느낄 수 있는 만큼의 성취감에 그칩니다.

가령, 몸이 부서져라 열심히 일하고 생활비도 열심히 아껴서 어렵사리 장만한 내 집! 힘들게 손에 넣기는 했지만 역시 어딘가 뻔하고 '당연한' 것 아닌가요?

게다가 원하는 것을 손에 넣어도 이내 계속해서 그보다 더 '위 단계'가 남아 있다는 사실. 오르고 오르고 또 올라야 한다는 사실. 죽을 때까지 노력해도 끝나지 않는다는 사실…….

기절초풍할 노릇입니다.

인간의 가능성은 무한대라고들 합니다.

그렇다면 손에 넣을 수 있는 것도 무한대. 풍요로움도 행복도 무한대. 우리는 '당연한 것'을 초월해 더 높이 비약할 수 있는 그런 존재일 겁니다.

그래서 저는 목록 만드는 일을 그만두고, '이유는 모르지만'이라는 기적의 세계를 선택했습니다.

생각의 채널을 바꾼 것입니다. '열심히 해서 목표를 이룬다'는 채널에서 '이유는 모르지만 그렇게 된다'라는 채널로요.

그리고 '이유는 모르지만', 스스로 팔린다고 여기자고 결심했습니다. 그렇게 결심만 하고 뒷일은 그냥 흘러가는 대로 내버려두었습니다.

'책을 몇 만 부 팔자.'

'강연회에 몇 백 명을 부르자.'

이런 식의 수치목표를 언급하는 것도 그만뒀습니다. 내 머리로 나의 상한선을 정해버리면 그 이상으로는 올라갈 수 없으니까요. 그랬더니 오히려 그 수치가 천장을 꿰뚫었습니다. 상상을 훨씬 뛰어넘은 많은 분들이 저의 책을 구입하고 강연회에도 와주신 겁니다.

이런 일들이 바로 '이유는 모르지만'이라는 세계가 주는 예측할 수 없는 재미입니다.

여러분도 수치목표를 정하는 일은 과감히 그만둬보세요.

'내가 기획한 신제품을 3,000개는 팔아보겠어!'

'월급을 20,000엔 올려달라고 해야지.'

'하루 10명 이상의 고객을 유치해야지.'

그렇게 목표를 수치로 정해버리는 순간 자신의 수용 능력을 한정 짓게 됩니다.

목표 수치를 달성 못 하면 완전 실망.

하나, 둘이라도 목표를 웃돌면 성공!

모든 일을 하나하나 좋은 일과 나쁜 일로 구분해 일희일비하는 세계란, 몹시도 피곤합니다. 비 오는 날이 있으면 맑은 날도 있습니다. 그리고 '나는 이미 대단하니까' 그런 일에 일일이 반응할 필요도 없습니다.

지금 자기 자신이 깨닫지 못한다고 해도 스스로에게 무한한 가능성이 있다고 믿는 것만으로 충분합니다.

자기 멋대로 스스로의 한계를 정하지 마세요!

그 한계를 획! 뛰어넘으세요.

'좋은 일이 계속되는 세계는 분명히 존재한다……'고 치고, '너무 많이 노력하지 않는' 다양한 방법을 제시하는 3장으로 넘어가겠습니다.

'나는 대단해!' vs '나는 대단하지 않아' 어느 쪽도 근거는 없다.
그렇다면 '나는 대단해!'라는 긍정을 선택하자.

★

'나는 이미 대단해!'라는 암시가 힘들다면
긍정의 '그런 셈 치기'를 시작해본다.

★

이 '알 수 없는 세상'에서 긍정 에너지를 선택하자.

★

'그런 셈 치기'만으로도 소망이 이루어진다.
'나는 이미 대단해!'라는 증거는 계속된다.

★

소리 내어 말하면 이루어진다.
부끄럽다고 느껴지는 말일수록 진심에 가깝다.

★

진정한 자신감은 노력과는 별개이다.
있는 그대로의 나를 인정할 때 자신감이 시작된다.

너무 노력하지 말아요.
지금 이 순간도 즐겁잖아요~

3장

열심히 하지 않아야
더 잘 풀린다?

노력해도 보람이 없다면
거꾸로 해보자

'이렇게 열심히 노력하는데도 보람이 없어…….'

그 이유는 너무 열심히만 하기 때문입니다.

열심히 애쓰는 당신의 모습은 마치 '나는 열심히 하지 않으면 가치가 없어'라고 스스로 주변에 알리고 있는 것과 마찬가지입니다. 그래서 모두 '정말 그러네. 가치가 없네'라고 맞장구치며 당신의 존재를 무시해왔습니다.

자, 여기까지가 앞 장의 내용입니다.

그럼 어떻게 해야 노력한 만큼 보람을 찾을 수 있을까요?

간단합니다.

너무 열심히 하지 않으면 됩니다.

집에서 뒹굴며 만화책을 읽는 나. 긴장하면 실수하기도 하는 나. 때로는 다른 사람을 질투하는 나.

그 어떤 모습의 당신도, 존재 그 자체에 가치가 있는 겁니다. 그러니까 너무 열심히 하지 않아도 괜찮습니다.

열심히 하지 않는다 해도 당신은 대단한 존재니까요.

열심히 하기 전부터도 당신은 고유한 존재니까요.

그것은 이미 '정해진' 것이니까요.

더 단순하게 생각해봅시다.

지금까지 언젠가는 잘되리라 생각하고 열심히 해왔지만, 아무리 되돌려봐도 노력한 만큼 돌려받지 못했습니다.

그렇다면? 반대로 해보면 됩니다.

'너무 열심히 한다' → '너무 열심히 하지 않는다'로요.

'너무 열심히 하지 않는다'는 건 포기한다는 뜻이 아닙니다.

억지로 최선을 다하지 말라는 겁니다!

하고 싶은 대로 마음 가는 대로 과감히 해보자는 겁니다.

지금까지와는 반대로 해보는 것. 단지 그뿐입니다.

'가장 두려운 일'을
해보자

하지만, 느닷없이 '너무 열심히 하지 않아도 괜찮아요'라는 말을 들으면 사람들은 대부분 당혹스러워합니다.

그 이유는,

열심히 하지 않으면 사람들이 싫어할 거야.

열심히 하지 않으면 사람들이 화를 낼 거야.

열심히 하지 않으면 바보 취급 당하게 될 거야.

이렇게, '열심히 하지 않는 나'는 사람들에게 환영받지 못할 것이라는 '공포 마인드'에 얽매여왔기 때문입니다.

열심히 하지 않으면 진짜 내 모습이 탄로 나 큰일 날 거라고 믿고 있는 겁니다.

공포를 극복하는 가장 좋은 방법이 무엇인지 아시나요?

오히려 그 공포에 끊임없이 노출되어보는 겁니다.

자, 이제 지금까지와는 반대로 '너무 열심히 하지 않기'로 결심했다면, 일부러라도 공포와 마주해보지 않겠습니까?

일부러 더 두려운 일을 해보는 겁니다.

'진짜 나'를 드러내보는 겁니다.

'나를 싫어할 거야, 화를 낼 거야, 바보 취급할 거야……'

그래도 괜찮습니다!

적어도 당신은 새로운 무언가를 시도하고 있으니까요.

'반대로 하기'를 실천하고 있으니까요.

지금껏 늘 해오던 대로만 한다면, 우리는 달라지고 싶어도 달라질 수 없습니다.

용기를 내서 가장 두렵다고 생각했던 일을 저질러보세요. 이 공포를 극복한 사람만이 자기 자신을 꽃피울 수 있는 다음 단계로 넘어갈 자격을 가질 수 있으니까요.

너무 열심히 하지 않는 비결 ①
거절할 줄 알기

예전의 저에게 가장 두려운 일은, 의뢰를 거절하는 것이었습니다. 회사를 그만둔 뒤 사무실을 열었기 때문에 더는 매달 정해진 월급을 받을 수 있는 처지가 아니었으니까요.

따라서 귀한 의뢰를 거절한다는 건 당치도 않은 일!

거절하면 두 번 다시 나에게 의뢰하지 않을 거야.

거절하면 상대방의 체면을 구기는 거야.

거절하면 건방지다고 생각할 거야.

거절하면 수입이 사라지게 될 거야.

아, 그야말로 생각만으로도 무서운 일입니다. 저처럼 창업한 사람이나 자영업자, 연예인, 프리랜서 모두 똑같은 마음일 겁니다.

일이 들어왔다 → 정말 다행이다,

일이 없다 → 일부러 나에게 일을 안 주는 걸까?

어떻게 하지……. 천국행이냐, 지옥행이냐.

내 운명을 좌우하는 건 어디까지나 내가 아니라 상대방.

그렇기 때문에 갑작스러운 의뢰에도, 불합리한 요구에도, 웃는 낯으로 대합니다.

"힘들겠지만 어떻게 좀 안 될까요……?"

이렇게 부탁받으면 어떻게든 그 일을 해냅니다.

이래서야 결국 회사에 다닐 때와 전혀 다를 바 없는 상황입니다. 아무리 열심히 해도 상대방은 당연하다는 표정입니다. 기대한 만큼 칭찬하지도, 고마워하지도, 더 많은 돈을 추가로 지불하지도 않습니다.

하루는 프리랜서 작가인 지인이 낙심해서 말했습니다.

"휴일 반납하고 며칠 밤을 새워 원고를 끝내도 수고했다는 짧은 메일 한 통으로 끝이네요. 수입도 전혀 늘지 않고요."

네, 이해합니다.

그런데 그렇게 열심히 노력한 만큼의 보람이 돌아오지 않는 건, 당신 스스로 그렇게 여겼기 때문입니다.

자, 정말 지겹다고 느낄 만큼 몇 번이고 강조하겠습니다.

무조건 '손님은 왕'이라는 식으로, 거래처나 상대방이 부탁한 일은 모두 떠맡는 것. 그건 결국 '나는 남의 부탁을 거절할 가치가 없는 사람이다'라고 스스로 시인하는 것과 같습니다. 그 사실을 깨달았기에 저는 '나 자신을 대단하다고 여기자'라고 결심할 수 있었던 겁니다.

이제 더 이상 무리해서 열심히 하지는 않겠다.

일을 너무 열심히 하지는 않겠다.

1장에서 언급했던 단식과 같은 맥락입니다. 내 몸에는 이미 충분한 영양이 쌓여 있으니 더 이상 필요한 것은 없다, 밥을 먹지 않으면 죽는다는 공포는 환상일 뿐이다. 그러니 이제 그 단식의 교훈을 응용해, '단 · 일'을 실천해보는 겁니다.

프리랜서인 그녀에게 저는 이렇게 조언했습니다

"지금 당신에게 가장 필요한 건 일을 거절하는 겁니다. 거절하고 또 거절해서 해야 하는 일을 반 정도로 줄이세요! 그러면 분명 상대방도 당신을 더 중요한 사람으로 여길 거고, 수입도 확 오를 테니까요."

그러자 그녀는 이렇게 대답했습니다.

"하지만 역시 두렵네요. 제가 지금 부자이거나, 남들이 절대 무시 못 할 잘나가는 사람이라면 거절하는 것쯤이야 상관없겠지만, 현실은 그렇지 않으니까요……."

바로 이런 생각이 모두의 착각입니다.

사실은 반대입니다.

이미 부자이고 잘나가기 때문에 거절을 잘하는 게 아닙니다. 거절할 줄 알아야 부자에, 잘나가는 사람이 될 수 있는 겁니다. 무리한 요구를 거절할 줄 알면 그만큼 시간을 귀하게 운용할 수 있습니다. 자신의 가치도 함부로 여기지 않게 됩니다.

결국 그녀는 제 조언을 듣고 난 뒤 거절을 실천했고, 불과 한 달 만에 효과가 나타났다고 합니다.

"맨 처음에는 꽤 용기가 필요했어요. 하지만 굳게 결심하고 의뢰받은 일을 세 번 연달아 거절했습니다."

그중에는 꽤나 좋은 조건의 일도 있었다고 합니다.

"그런데 막상 거절해보니 예상했던 것보다 더 상쾌한 기분이 들더라고요. 상대도 그럼 다음에 부탁한다며 선선히 수긍하고요. '거부감이 생겨서 나에게 다시는 일을 맡기지 않으면 어쩌지……' 하며 겁먹은 건 정말 쓸데없는 걱정이었던 거죠. 게다가 마냥 일이 들어오기만 기다리고 있는 저의 소극적인 모습도 깨달았어요. 덕분에 프리랜서 일을 막 시작했을 때 의욕으로 가득 찼던 초심으로 돌아갈 수 있었습니다."

그 뒤 그녀는 또다시 새로운 도전이라고 할 수 있을 만한 중요한 일도 맡았다고 합니다.

거절할 줄 안다는 건 어떤 기회를 끊어버리는 게 아니라, 다양한 기회의 문을 열어두는 지혜입니다.

거절할 줄 알면 자유로워져요.
자유로워지면 여유로워져요.
여유로워지면 더 잘 거절할 수 있어요.

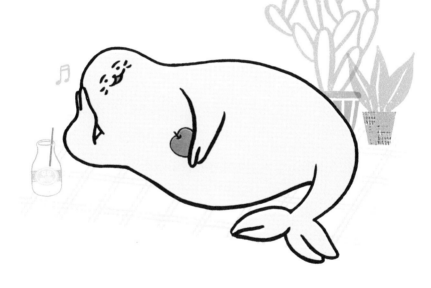

혼자 다 하지 않기

회사나 조직에 속해 있어도 마찬가지입니다.

"늘 나만 힘든 일을 맡아서 해요."

이런 분들은, 하고 싶지 않으면 거절하세요. 땡땡이쳐도 좋고 게으름 피워도 좋고, 제대로 하지 않아도 괜찮습니다.

하지만 저의 이런 말에 대부분 크게 야유를 보냅니다.

"네? 땡땡이치면 상사한테 혼나는데요."

"그러면 무능하다고 찍혀요."

"그러다가 회사에서 잘리면 어떻게 해요!"

네, 확실히 그렇게 된다면 무섭긴 하네요.

그렇지만, 괜찮습니다. 땡땡이를 쳐, 게으름을 피워도 당신에 대한 평가는 크게 달라지지 않습니다. 아니, 오히려 반대로 가끔은 땡땡이를 치는 편이 더 인정받습니다.

그렇게 땡땡이를 치고도 결국 할 일은 해놓는 사람.

때로는 규칙을 지켜야 한다는 규칙을 무시하는, 어디 해볼 테면 해보라는 '대단한' 사람으로 보일 수도 있습니다.

'늘 나만 일을 시킨다. 늘 나만 일이 많다.'

실제로 그런 상황일 수도 있긴 합니다만, 한번 곰곰 생각해 보세요. 정말로 강제로 떠맡고 있는 게 맞나요?

책임감이 강한 당신입니다.

어쩌면 자진해서 '제가 하겠습니다!' 하고 손들어놓고는 혼 자서 끙끙대며 애쓰고 있는 건 아닌가요? 당신 혼자 멋대로 일을 끌어안고는 '역시 이 일은 나 말고는 못해.' 이러면서 자 기도 모르게 만족하고 있는 건 아닌가요?

당신 혼자 책상에 달라붙어서 열심히 할수록, 주변에서는 '그럼, 아무쪼록 열심히 해주세요'라고 할 뿐입니다. 그리고 그 런 당신을 곁눈질하다 퇴근 시간이 되면 다들 잽싸게 돌아가 버립니다. 당신이 만들어낸 결과입니다!

'앗, 모두 약았어! 어째서 나만 남겨두고…….'

이렇게 불만스럽게 생각할 수도 있겠지요.

하지만 모두 당신 스스로 자초한 일.

당신이 지나치게 열심히 하고 있기 때문에 다른 사람들이 열심히 안 하는 겁니다. 혼자서 열심히 하면 할수록, 주변 사람들을 무능하게 만든다는 사실을 이제는 알아주세요.

예를 들어 당신이 찻집에서 '커피라면 제가 맛있게 잘 타요' 하면서 주방으로 휙 들어간다면 가게 주인은 어떨까요? 당연히 기분이 나쁘겠지요. 그런 행동은 마치 주인에게 '당신은 맛있는 커피를 탈 능력이 부족해. 그러니 차라리 내가 할게'라고 말하는 것과 같으니까요.

그러면 당신이 탄 커피가 아무리 맛있어도 누구도 당신을 인정하지 않을 겁니다. 반대로 성가시다고 여길 겁니다.

마찬가지입니다.

"제가 하겠습니다!" "열심히 하겠습니다!" "제가 어떻게든 해보겠습니다!"

당신이 그렇게 말할수록 주위 사람들은 실망합니다.

'역시 우리를 신용하지 않는구나. 무시하는구나.'

일에 대한 의욕을 오히려 당신에게 빼앗기는 겁니다.

언제까지 나만 커피를 타야 해?
내가 마실 커피가 아니라는 이 슬픈 반전…

때로는 기꺼이 민폐를

"절대로 남에게 폐를 끼치면 안 돼요."

어릴 때부터 부모님에게 이런 말을 들으며 자랍니다.

그래서 고민도 일도 모두 혼자 끌어안은 채, 곤란한 상황에 놓여도 도와달라는 그 한마디를 못합니다.

'민폐'는 곧 나쁜 짓이라고 각인되어 있기 때문이지요.

하지만 이 '알 수 없는 세상'에는 남이 자신에게 '폐'를 끼치면 기뻐하는 사람도 많습니다.

"나 수학을 못해서, 미안하지만 좀 부탁해도 될까?"

계산이 특기인 사람에게 이렇게 부탁하면 매우 기분 좋아합니다. 컴퓨터가 특기인 사람에게 컴퓨터 좀 가르쳐달라고 부탁하면, '아, 바쁜데 어쩔 수 없지' 하고 불평하면서도 속으로는 슬며시 좋아할 확률이 높습니다.

'여러모로 민폐네'라는 말을 듣는 그런 사람, 저 역시 싫지 않습니다. 그런 사람들이 폐를 끼쳐주는 덕분에 '아, 나도 누군가에게 도움을 줄 수 있는 사람이구나'라고 뿌듯해할 수 있으니까요.

늘 열심히 하는 사람은, 열심히 하지 않는 사람을 보면 짜증이 납니다.

'왜 저 사람은 몇 번이나 가르쳐줘도 모르지?'

'왜 저 사람은 저렇게 간단한 일도 못하는 걸까?'

"아, 정말 민폐야, 민폐!"

하지만 때로는 남에게 폐를 끼칠 줄도 아는 사람이 되면, 폐를 끼치기 싫다는 마음에 스스로를 괴롭히는 강박에서 벗어나게 되면, 같은 입장이 되어봤기 때문에 남이 폐를 끼쳐도 관대할 수 있습니다. 비로소 진심으로 고마워할 수 있습니다. 언제나 마음이 평온하고 스트레스도 덜 쌓이게 됩니다.

때로는 남에게 폐를 끼치고, 도움을 받고, 응석도 부릴 수 있는 '민폐남' '민폐녀'가 되어봅시다. 살아가는 일이 훨씬 편해질 테니까요. 사람과 사람 사이의 정과 고마움은 덤입니다.

너무 열심히 하지 않는 비결 ④
남들에게도 나를 도울 권리를

이런 유명한 말이 있습니다.

'배고픈 사람에게는 생선을 줄 것이 아니라, 더 이상 배고프지 않도록 낚시하는 법을 가르쳐주는 것이 더 중요하다.'

카운슬링 현장에서도 비슷한 말을 자주 합니다.

'고민하는 사람에게는 답을 알려줄 것이 아니라, 답을 알아낼 수 있는 해결법을 가르쳐주자.'

과연 지당한 말씀!

배가 고플 때, 곤란한 때. 그때마다 다른 사람에게 부탁할게 아니라 스스로 해결할 수 있는 사람이 되는 게 좋다는 뜻.

아마 그 의미를 너무 잘 알고 있었기 때문인지도 모릅니다. 저 자신이 어떤 곤경에 빠졌을 때, 때로는 낚시하는 방법이 아니라 지금 당장 '생선이 필요해'라고 말하고 싶었습니다.

이 알 수 없는 세상에는 우리가 상상도 할 수 없는 어려움이 많고, 해결하는 방법도 그만큼 다양하니까요.

그래도 참을 수밖에 없었습니다. 다른 사람이 고생해서 잡은 생선을 아무 노력도 하지 않고 받는다는 건, 약았잖아요?

'역시 내가 직접 잡아야겠지…….'

그래서 낚시질이 서툴러도 열심히 노력했습니다. 어찌어찌해서 생선을 잡긴 했습니다. 하지만 무척 힘들었고 시간도 오래 걸렸습니다. 만족감도 성취감도 느낄 수 없었습니다.

그 순간 불현듯 이런 생각이 떠올랐지요.

'그래!

낚시를 잘하는 사람에게 생선을 잡아달라고 하면 되겠네.

남의 생선을 거저 받아 올 필요도 없고 낚시를 열심히 배우지 않아도 되겠네. 낚시가 특기인 사람에게 생선을 잡아달라고 부탁한 다음 그 생선을 받아 오면, 서로에게 좋은 거잖아!'

앞서 언급한 '남이 자신에게 폐를 끼치면 은근히 기뻐하는 사람'과 같은 논리입니다.

세상에는 분명 낚시를 좋아하는 사람이 있습니다.

그렇지만 아무리 낚시를 좋아한다고 해도, 잡은 생선이 너무 많으면 혼자서 다 먹거나 처리하기가 힘듭니다.

그래서 낚시를 좋아하는 누군가가 생선이 필요한 당신에게 제안합니다.

"내가 당신 대신 낚시를 해서 생선을 잡아줄게요."

그런데 당신은 어두운 표정으로 이렇게 거절합니다.

"아니, 그건 좀……. 나 대신 당신 혼자 낚시를 하도록 하는 게 왠지 부끄럽고 미안해서…… 저는 도저히 부탁하지 못하겠네요."

어쩌면 좋아…
물고기들까지 날 너무 좋아해서 차마 잡을 수가 없네.
낚시광 최 부장님께 맡겨야겠어.

하지만 그 거절은 당신과 상대방 그 누구에게도 도움이 되지 않습니다.

상대방이 '가장 좋아하는' 일을 할 수 있도록 해주세요.

내가 억지로 부탁하니까 상대방이 어쩔 수 없이 도와주는 거라는 비굴한 생각을 떨쳐버리세요. 상대방이 나를 돕고 싶어 하니까 기꺼이 나를 돕게 해주는 거라고 가볍게 생각하면 그만입니다.

"어머, 정 그러시다면 저 대신 낚시해주셔도 괜찮겠네요. 서로 '윈윈'이네요!"

이 정도의 가벼움이 딱 좋겠네요.

그렇게 상대방이 대신 해주는 일들을 너무 부담 갖지 않고 받아들이다 보면, 당신 안에서 자연스럽게 고마운 마음이 흘러넘치게 될 것입니다.

저는 카운슬링 일 말고도 후배 심리 카운슬러를 양성하는 학원도 같이 하고 있습니다.

제가 힘들게 독학해서인지, 후배들에게는 '이런 공부를 하면 좋겠다' '이 내용도 기억해두면 손해 볼 일은 없지' 등 하나라도 더 알려주고 싶은 것투성이.

맨 처음에는 커리큘럼을 짤 때, 후배들이 '잘되길 바라는' 마음으로 하나에서 열까지 신중히 고려해 빈틈없이 꽉 채웠습니다. 그야말로 하나하나 세심한 부분까지 신경 써가며 열심히 가르쳤습니다.

하지만 학생들이 좀처럼 따라오지 못했습니다.

'잠깐, 설마 이것도 나 혼자 필요 이상으로 열심인 건가?'

큰맘 먹고 커리큘럼 내용을 반으로 줄여봤습니다.

그랬더니 학생들의 능력이 단숨에 레벨 업!

학생 각자가 개성을 살려서 그 사람만의, 그 사람다운 성장을 보여준 겁니다. 역시나 이 경험도 지금까지 상식으로 여겨 왔던 내용과 정반대였지요.

'내가 열심히 노력한다고 해서 반드시 다른 사람들이 성장하는 게 아니다.'

느릿느릿, 적당히, 대충대충. 그래야 다른 사람들이 그 틈 안에서 숨 쉬고 성장하는 겁니다.

회사에도 이런 상사가 있지 않나요?

'왠지 이 사람은 의지가 안 돼. 정말 괜찮을까?' 하면서 보는 사람을 불안하게 만드는 그런 상사 말입니다.

그런데 그런 상사이기 때문에 부하 직원이 더 적극적으로 활약할 수 있는 겁니다. 부하 직원이 알아서 활약하는 회사는 성장할 수밖에 없고 그 부하 직원뿐만 아니라 상사까지 모두 보람을 느낄 수 있습니다. 너무 열심히 하지 않아도 모두가 행복해질 수 있는 선순환이 가능하니까요.

나도 다 생각이 있어서 이러는 거야. 킁!

너무 열심히 하지 않는 비결 ⑥
맡길 때는 확실하게

  강의하기로 약속한 도쿄의 세미나에 도저히 갈 수 없었던 적이 있습니다. 허리에 갑작스럽게 통증이 오는 바람에 몸을 움직일 수 없었던 겁니다.

  '아, 어떻게 하지······.'

  세미나 당일 갑자기 일어난 일이어서 연기하거나 중지할 수도 없었습니다. 할 수 없이 도쿄에 있는 스태프에게 대신 진행해달라고 부탁했습니다. 그러고 나서도 하루 종일 세미나 걱정으로 가슴이 두근두근.

  '스태프가 잘하고 있겠지? 고코로야 진노스케가 아니라고 실망해서 중간에 나가버리지는 않겠지······.'

  그런데 웬걸. 세미나가 끝난 뒤, 그런 걱정을 했던 제가 부끄러웠습니다.

  '너무 자만하면 안 돼!'

저를 대신했던 스태프가 이렇게 되뇌고 싶을 만큼 세미나는 대성황이었답니다. 참석자들의 평가도 아주 좋았고요. (오히려 제가 없는 편이 더 나았다는 분도 있었습니다. 하하하!)

이렇게 주위에 협력해주는 사람이 있으면 그 성과가 제대로 나타날 수 있습니다. 오히려 남에게 맡기는 편이 더 좋은 결과를 낳기도 한다는 걸 제대로 깨달았습니다.

청소를 예로 들어볼까요? 꼼꼼한 당신이 시간을 들여 면봉으로 구석구석 열심히 청소했다고 칩시다.

자신의 청소 방법이 가장 좋고 정답이라고 생각하는 당신.

하지만 '세제를 뿌리고 3분만 지나면 반짝반짝 깨끗해지는' 더 쉽고 편리한 방법을 아는 다른 누군가가 있을 수도 있답니다. 그냥 혼자 무턱대고 열심히만 한다면, 새로운 세상을 알 수 있는 기회를 놓쳐버리는 경우도 많습니다.

그래서 결심했습니다.

'좋아, 모두에게 맡기자! 맡길 때는 확실히 맡기자!'라고.

신은 저에게 이 깨우침을 전하기 위해 '요통'이라는 '강제집행'을 내렸나 봅니다.

거절할 줄 알기, 혼자 다 하지 않기, 때로는 기꺼이 민폐를 끼치기, 남들에게 나를 도울 권리를 허락하기, 가끔은 대충대충 하기, 남에게 맡길 때는 확실하게 전부 넘기기…….

지금까지 언급한 일들은, 당신처럼 좋은 결과를 내기 위해 언제나 열심히 노력하고 있는 성실한 사람에게는 도저히 '있을 수 없고' '있어서도 안 되는' 일이겠지요?

혹시라도 당신이 저런 행동을 한다면, 당신 스스로 쓸모없는 인간이 되는 길로 들어서는 것과 마찬가지라고 생각하겠지요?

하지만 그런 생각을 "에잇!" 하고 과감히 떨쳐버리면 당신의 세계는 바로 달라질 겁니다.

아무리 열심히 해도 이 '알 수 없는' 세상에서 나만의 노력과 생각은 분명히 한계가 있습니다.

설령 성공한다고 해도 그 성공은 내 예상이 미치는 범위 정도까지입니다. 그러나 다른 사람의 힘이 함께 움직인다면 한계를 가볍게 뛰어넘을 수 있습니다. 상상을 초월한 세계가 펼쳐지기 시작합니다.

"고코로야는 정말 어쩔 수가 없네."

"위태위태해서 도저히 지켜보고 있을 수가 없어."

사람들이 제게 이런 느낌을 받았기 때문일까요?

전 모두에게 기꺼이 도움을 받을 수 있게 되었습니다. 덕분에 지금의 제가 존재합니다.

타인의 힘을 움직일 수 있는 방법은 오로지 하나.

지나치게 열심히 하지 않는 것입니다.

너무 열심히 하지 않을 때 틈이 생겨납니다. 그리고 그 사이로 새로운 가능성이 들어옵니다.

열심히 하지 않는다는 것은 한길만 고집하지 않고 자신을 둘러싼 환경을 좀 더 여유롭게 보게 해줍니다. 시각이 넓어지는 만큼 가능성도 커집니다. 행운이라고도 하는 가능성이죠.

큰일을 맡았다, 팀의 리더로 뽑혔다, 사람들 앞에서 아이디어와 의견을 발표할 기회가 생겼다······.

성실한 사람일수록 그런 기회가 오면 '제대로 잘해야지'라고 생각합니다.

'역시 저 사람을 뽑은 게 정답이었어.' '저 사람에게 맡긴 이상 성공은 확실해.' 이렇게 자신을 향한 기대에 부응하기 위해 더 열심히 노력합니다.

모두의 기대를 받는 사람은 원래 능력이 있는 사람입니다. 그래서 대부분의 기대에 부응합니다. 그러면 사람들은 또다시 그에게 더 새로운 기대를 겁니다.

"저 사람이라면 분명 이다음 것도 해낼 수 있어."

기대에 부응한다, 기대를 건다, 기대에 부응한다, 기대를 건다······. 깨닫고 보면 어느새 이런 상황이 반복될 뿐입니다.

좀 오래된 이야기지만, 1964년 도쿄 올림픽 마라톤 경기에서 츠브라야 코키치라는 선수가 동메달을 땄습니다. 일본의 기대를 한 몸에 받은 그는 동메달로 그 기대에 멋지게 화답한 청년이었습니다. 그러나 한 번 메달을 따고 나니 사람들은 계속해서 그다음 메달도 기대했습니다.

"다음 메달은 멕시코 올림픽 금메달이야. 열심히 해!"

너무 큰 부담이 되었던 걸까요? 츠브라야 선수는 겨우 스물일곱 살이라는 젊은 나이에 자살하고 말았습니다.

'아버지 어머니, 저는 완전히 지쳐서 더 이상 달릴 수가 없습니다'라는 한 통의 유서만 남겨놓은 채…….

제가 상담했던 분 중에도 기대에 부응하려고 너무 노력하다가 우울증에 걸린 사람이 있습니다. 역시 타고난 재능이 뛰어난 사람이었습니다만, 그런 사람일수록 더 높은 목표를 향해 늘 너무 열심히 노력하기 때문일까요?

정말 너무하다 싶을 만큼 열심히 애써버리고 만 겁니다.

다른 사람에게 도움이 된다는 건 분명 좋은 일입니다.

사람들이 기뻐해주면 나 역시 기쁩니다.

하지만 '다른 사람의 기대에 부응하기 위해서'라는 건 결국, 마음이 자신의 내면이 아닌 밖을 향하고 있는 겁니다.

늘 남이 나를 어떻게 생각할지 신경 쓰고, 남이 내린 평가를 그대로 자기 자신의 가치를 정하는 기준으로 삼아버립니다.

누군가의 기대에 부응하지 못한다 해도, 당신은 '이미 대단한 사람!'입니다. 실패해도, 엄청난 손해를 봐도, 모두를 실망시켜도 괜찮습니다.

당신은 존재하는 것만으로도 반짝반짝 빛나는 존재입니다.

타인의 기대는 그 사람의 몫.

당신이 그 기대에 부응할 책임은 없다는 진실을 빨리 깨닫기 바랍니다.

'기대에 부응하지 않는 나.'

그 자체로도 이미 충분합니다.

너무 노력하지 말아요

나에게 너무 많은 것을 바라지 마세요.
난 지금 이대로도 빛나는 물개니까요.

너무 열심히 하지 않는 비결 ⑧
콤플렉스 드러내기

누구에게나 콤플렉스가 있는 법입니다.

하지만 콤플렉스를 감추려고 할수록 스스로를 정당화하면서 더 단단한 가면을 쓰게 됩니다.

그렇게 완성된 모습은 진짜 내가 아닌, 겉모습만 그럴듯한 나. 거짓말쟁이인 나일 뿐입니다.

콤플렉스를 계속해서 숨기려면 지나치게 열심히 할 수밖에 없습니다. 노력을 멈출 수가 없습니다.

그러니 이제 별 볼 일 없는 자기 자신을 감추지 마세요.

이상한 자존심은 버리세요.

화를 잘 내는 나, 소심한 나, 이리저리 휘둘리는 나, 바보 같은 나, 남 탓하는 나, 칠칠맞지 못한 나…… . 기억에서 지우고 싶은 가장 부끄러운 일을 누군가에게 과감히 털어놓으세요.

"실은 내가 말이야……."

저도 '죽고 싶을 만큼 창피한' 일을, 어느 날 용기를 쥐어짜 내어 친구에게 털어놓은 적이 있습니다.

그런데 친구 왈,

"흠…… 그래?"

그걸로 끝. 순간 '어, 그게 다야?'라는 생각이 들었습니다.

그런 뒤 친구가 저를 경멸하거나 갑자기 태도를 바꾸지도 않았습니다. 시시콜콜 캐묻지도 않았습니다.

그때 깨달았습니다. 사람이란 남의 부끄러운 경험 따위에 그리 큰 흥미를 가지지 않더라고요!

하지만 이야기를 털어놓은 저는, 그렇게 했다는 것만으로도 엄청난 해방감을 느꼈습니다. 더 이상 열심히 하지 않아도 괜찮고, 허세를 부리지 않아도 괜찮고, 숨기지 않아도 괜찮다!

콤플렉스를 꺼내 해방시키세요.

새롭게 다시 태어난 것처럼 순식간에 마음이 편해질 겁니다. 자유로운 당신을 하루빨리 만나기 바랍니다.

'나만의 규칙' 깨보기

'지나가는 차도 없고 보는 사람도 없지만…… 그래도 빨간 불일 때는 건너지 않는다. 그게 세상의 규칙이니까, 나는 틀리지 않았어!'

생각은 그렇게 해도, 막상 눈앞에서 누군가가 당당하게 길은 건너면 왠지 부아가 치밀어 오릅니다.

'나도 급한데.' '나도 건너가고 싶은데!'

누구나 마음속에 스스로 옳다고 판단해서 만든 '나만의 규칙'을 갖고 있습니다.

규칙을 지키지 않으면 사람들은 화를 내고 싫어합니다. 무서운 일이지요. 그렇기 때문에 속으로는 짜증을 내면서도 절대 규칙은 깰 수 없답니다. 만약 아무렇지 않게 규칙을 깨고 즐거워하는 사람이 있다면 물론 용납할 수 없는 일입니다.

당신에게도 '나만의 규칙'이 있지 않나요? 이런 것들이요.

- 누구에게나 상냥히 대한다.

- 회사와 학교는 착실하게 다닌다.

- 늘 근검절약한다.

- 음식을 소중히 여긴다.

- 게임을 너무 오래 하지 않는다.

- 가족을 사랑한다.

- 반드시 결혼한다.

- 결혼하면 아이를 몇 명 낳는다.

- 나 자신보다 타인을 우선시한다.

- 금연한다.

- 절대 돈을 빌리지 않는다.

- 빌린 돈은 반드시 갚는다.

- 폭력을 휘두르지 않는다.

- 바람을 피우지 않는다.

- 나쁜 짓을 저지르면 바로 사과한다.
- 절대 배신하지 않는다.
- 항상 청결을 유지한다.
- 공공장소에서 소란스럽게 굴지 않는다.

휴우……. 쓰려니 그야말로 끝이 없네요. 우리는 이렇게나 많은 규칙을 스스로 만들어서 자신을 통제하고 있네요.

이렇게 계속 '바른 사람'으로 산다는 것, 피곤하지 않나요?

늘 죄책감과 싸워야 합니다. 항상 다른 사람과 자기 자신을 벌하는 기분이 들어서, 어딘가 쿡쿡 쑤시듯 아프고 짜증스럽고 마음이 무겁습니다.

이제 슬슬 당신 자신은 물론 다른 사람이 그런 '규칙'에서 빠져나오도록 허락해주세요.

때로는 '나만의 규칙'을 어겨도 보고요.

항상 올바르지 않아도 괜찮아요. 나다운 삶의 방식을 찾아 시작해봅시다. 물론 다른 사람의 삶을 파괴하지 않는 선에서!

커다란 수박도
단단한 규칙도
깨뜨려야 제맛!?

'좋은 사람' 그만두기

'진짜 내키지 않지만 미안해서 함께 간다.'

'안쓰러우니까 참고 이야기를 들어준다.'

이처럼 '착한 사람'의 면모가 당신 안에 있지 않나요?

사실은 싫은데, 하고 싶지 않은데.

누군가 부탁하면, 아니 부탁하기 전부터 알아서 해버린다.

그렇게 상대방의 '마음에 드는 사람'이 되려고 애쓴다…….

저도 그런 사람이었기 때문에 이해합니다.

'좋은 사람'이라는 역할을 맡아버리는 당신, 그 역할을 놓으면 자신감을 가질 수 없는 것 같네요.

자기주장이 없다. 불평을 안 한다. 문제를 일으키지 않는다.

도대체 당신의 '진짜 생각'은 어디로 가버린 건가요?

진짜 당신은 항상 위축된 채 억지로 참고만 있습니다.

그런 당신을 과감히 해방시켜주세요.

'좋은 사람'이 '좋은 사람'을 그만두려면 용기가 필요합니다. 우선 평소라면 절대로 하지 않을 만한 일들을 '일부러' 해보세요. 아주 사소한 일도 괜찮습니다.

- 점원에게 무뚝뚝하게 대한다.
- 누군가가 부탁하면 바로 '싫어요!'라고 말해본다.
- 다른 사람이 인사해도 못 본 척한다.
- 청구서는 독촉받을 때까지 미뤄본다.

'정말 그렇게 해도 괜찮을까?' 하고 깜짝 놀랄 '착한 당신'.

그런데, 정말 괜찮습니다.

본바탕이 '좋은 사람'인 당신에게는 스스로가 굉장히 '나쁜 짓'을 했다는 생각이 들겠지요. 하지만 다른 사람이 볼 때는 그저 '보통' 수준일 뿐. '저 친구 오늘 기분이 좀 안 좋아서 저러나 보네' 하며 넘길 일 정도입니다. '좋은 사람'을 그만두는 게 아니라 '나쁜 녀석'이 되어보는 게 차라리 낫겠네요!

너무 열심히 하지 않는 비결 ⑪
계획하지 않을 자유

"5분 뒤 나는 이렇게 된다!"

예전에 이렇게 인생 계획을 세운 적이 있습니다.

그런데 계획을 세우면 대개 힘들어집니다.

계획을 달성할 때까지는 열심히 해야만 하고, 달성하지 못하면 낙담해서 기운이 빠집니다.

계획을 세운 순간 바로 자신의 한계가 정해집니다. '과거 경험과 가치관을 바탕으로 머릿속에 떠올린 나 자신' 그 이상으로 발전할 수가 없으니까요.

그래서 요즘은 '이렇게 되고 싶다' 같은 계획은 세우지 않습니다. 문득 앞날에 대해 고민하다가도, 그저 기분 좋은 날들이 오면 좋겠다 싶은 정도랄까요. 그렇다면 '기분 좋은' 날이란 어떤 미래냐는 질문을 받는다 해도 바로 대답할 수가 없습니다.

자연스럽게 그런 순간이 온 다음에야 저도 깨달을 테니까요.

불확실한 어떤 계획에 얽매여 계속해서 노력하는 것보다, '잘 모르겠지만 기분 좋은' 앞날을 고대하는 하루하루가 더 행복합니다.

이렇게 자발적으로 무계획을 실천하고 난 뒤부터는 식당에도 예약 없이 가는 경우가 늘었습니다.

그저 발길 닿는 대로 아무 데나 가보고 마침 자리가 비어 있다면 행운~! 손님이 많으면 다른 가게에 가면 그만입니다. 그날은 그 가게와 인연이 닿지 않았을 뿐이니까요.

왠지 허름해 보여서 가보지 않았던 옆 가게로 하는 수 없이 들어갑니다. 그런데 알고 보니 '정말 아는 사람만 찾아간다는' 유명 맛집일 수도 있습니다. 그야말로 생각지도 못한 대박을, 애써 노력하지 않고 미리 계획하지도 않았는데 만난 셈이지요. '무계획'이 안겨주는 커다란 기쁨 중 하나입니다.

너무 계획하지 말아요.
설레는 우연을 즐겨보세요!

한번 가볍게 시도해보세요. 무계획의 즐거움을 만나보세요.

아무것도 정하지 않은 채, '모퉁이를 돌아 가장 먼저 발견한 가게에 그냥 들어가기' '50번째 계단에서 마주치는 사람에게 말 걸기' '무작위로 책을 펼쳐서 나온 첫 문단 SNS에 올리기' 등 우연성 게임으로 시작해도 재미있겠네요.

계획에도 없는 예상도 못했던 일을 겪는다면, 그 순간이야 말로 어떤 보물을 발견한 기분이 들 겁니다.

물론 제가 너무 계획 없이, 상황에 따라 즉흥적으로 맞추는 것 아니냐며 걱정하는 분들도 있습니다.

"고코로야 씨, 그 책 원고 언제까지 끝내실 수 있나요?"

"네, 머지않아……."

"머지않다라면 언제요?"

"음, 제가 막 쓰고 싶어지는 때?"

"그게 무슨 뻔뻔한 말씀이세요!"

출판사 관계자분들, 화내지 말아주세요.

제가 일부러 빈둥거리는 건 절대 아니랍니다. 내키지 않는 때에 억지로 조금씩 쓰는 것보다는, 의욕이 저절로 솟아날 때 몇 시간이고 집중하면 더 훌륭한 원고가 나오니까요.

물론 책 쓰는 일뿐만 아니라 어떤 일이든 마찬가지입니다. 계획에 따라서 '무조건 해야 하는 일' '안 하면 안 되는 일'이라고 생각하면서 억지로 열심히 한들 고생한 흔적만 남을 뿐.

그보다는 '하고 싶다'는 마음으로 즐겁게 일해야 실력도 더 팍팍 늘고 진도도 쑥쑥 나가 더 나은 결과로 이어질 수 있으니까요.

우리는 늘 계획한 대로 열심히 노력해왔습니다.

가끔은 어떤 계획도 하지 말고 우연을 즐기세요. 계획하지 않을 자유를 기꺼이 만끽하세요.

계획하지 않았으니 이루어야 할 것도 없습니다. 너무 노력하지 않아도 되는 겁니다. 계획과 노력에서 잠시 떨어지면, 한층 더 여유로운 시선을 갖게 될 것입니다.

너무 노력하지 말아요

스스로를 바꿀 용기를 내자

자, 그럼 여기까지 읽으면서 어떠셨나요?

거절하기, 적당히 하기, 기대에 부응하지 않기, 규칙 깨보기, 계획 없이 살기…….

스스로가 가장 두려워하는 일을 할 수 있겠습니까?

그렇게 달라질 수 있겠습니까?

처음에는 확실히 용기가 필요합니다.

사람들에게 미움받을 용기.

내쳐질 용기.

자신의 평가가 깎여도 아랑곳하지 않을 용기…….

하지만 그런 용기를 내는 것보다 스스로를 탓하는 편이 더 쉽습니다.

'어차피 나 따위는…….'

이렇게 자신을 탓하는 동안에는 용기를 실천하지 않아도 되니까, 용기를 내는 것보다는 스스로를 탓하는 게 차라리 덜 아프니까.

그렇지만 정말 달라지고 싶다면 용기를 내야 합니다.

그 첫발자국이 가장 중요합니다.

열심히 하지 않아도
보람될 수 있어요

"저런 용기, 아직은 무서워서 무리예요."

"하지만 지금 같은 상태는 싫어요. 어떻게든 하고 싶어요. 저도 보람을 느끼고 싶어요."

그렇게 말하는 당신은, 벼랑 끝에 매달려 "신이여, 제발 도와주세요!" 하고 울면서 애원하는 것처럼 보입니다.

그러나 신은 아무리 기다려도 도와주지 않습니다.

왜냐고요?

그건 당신이 벼랑을 잡고 있는 손을 놓지 않으니까요!

양손으로 그렇게 바위를 힘껏 움켜잡고 있으면, 설령 신이 있다 해도 당신의 손을 꼭 잡아 끌어당겨줄 수가 없잖아요?

제가 상담했던 분들 중에도 그런 사람들이 꽤 있습니다.

"열심히 하지 마세요. 그냥 힘을 빼도 괜찮습니다."

"안 돼요. 지금 손을 놓으면 떨어져버릴 거예요."

이렇게 말하면서 늘 열심히 노력하는 사람들.

그런데 말입니다, 바다에 빠졌을 때는 발버둥을 치면 더 가라앉아버립니다. 그저 파도에 몸을 맡긴 채 떠 있으면 되는 겁니다. 피곤하면 쉬면 되고요.

"아~, 더 이상은 안 돼!"

그렇게 포기하기 시작한 순간, 당신의 발이 이미 바닥에 닿아 있다는 사실을 분명히 깨닫게 될 거예요.

벼랑 끝을 쥐고 있던 두 손을 놓으면, 아주 조금 툭 하고 떨어질 뿐이라는 사실을요.

열심히 하지 않아도 보람을 찾을 수 있습니다.

속는 셈 쳐도 괜찮아요. 제발 '열심히 하지 않는 비결'을 직접 시험해보세요. 그렇게 저를 믿고 벼랑에서 손을 놓은 분들은 차례로 행복해질 겁니다.

"그런 건 좀 더 빨리 말해줬어야죠!"

이렇게 항의하면서 말이지요.

하하하!

열심히 하지 않아도 당신은 대단해요.
쉬고 있어도 시간이 소중하듯이.
보이지 않아도 음악이 위로하듯이.

노력해도 보람이 없는 이유는 '너무 열심히 하기 때문이다.'
열심히 하지 않아도 당신은 이미 대단한 존재이다.

★

늘 하던 대로만 한다면 달라질 수 없다.
용기를 내서 가장 두렵다고 생각했던 일을 저질러보자.

★

거절할 줄 알기, 혼자 다 하지 않기, 땡땡이치기,
민폐 끼치기, 가끔은 대충대충 하기, 다른 사람에게 맡기기,
기대에 부응하지 않기, 콤플렉스 드러내기, '나만의 규칙' 깨기,
'좋은 사람' 그만두기, 계획하지 않기……
열심히 하지 않으면 더 잘 풀린다.

★

'열심히 하지 않기'를 실천하려면 용기가 필요하다.
스스로를 바꿀 용기를 내자.

★

열심히 하지 않아도 보람을 찾을 수 있다!

드디어 알을 깨고 나왔구나.
이제 우리는 진정한 친구!

4장

마음의 갑옷을
벗어던지고
진심으로 살자

'정의'란 어디까지나
가치관의 문제

열심히 노력한 만큼 돌려받지 못하는 사람은, 너무 열심히 하기 때문에 돌려받지 못하는 겁니다. 그래서 전 이제 지나치게 열심히 하지는 않습니다. 3장에서 여러분께 그 '열심히 노력하지 않는 비결'을 알려드린 이유도 그래서입니다.

그런데도 아직 이해가 가지 않는다는 분들도 많을 겁니다.
"땡땡이를 치고서 인정받으려고 하다니, 너무 뻔뻔해요!"
"나는 정의감이 강해서, 그렇게 게으름 피우거나 대충대충 하는 건 못해요!"
이렇게 덧붙이면서요.

자, 그럼 당신이 생각하는 정의란 무엇입니까?
거기에서부터 다시 생각해보지요.

뜬금없긴 하지만, 그 유명한 울트라맨을 예로 들어보지요.

울트라맨은 정의로운 아군입니다. 머나먼 행성에서 쳐들어온 괴수들로부터 지구를 지켜주니까요.

그런데, 한번 생각해보세요. 만약 지구로 쳐들어오는 괴물들이 없다면 상황은 어떨까요?

울트라맨은 지구에 어울리지 않는, 그저 덩치 크고 이상한 우주인일 뿐입니다. 나쁜 괴물들이 지구를 침략한 덕분에 울트라맨은 영웅이 될 수 있는 겁니다.

더구나 괴물의 입장이 되어보세요.

울트라맨이야말로 자신들의 우주 정화 계획을 방해하는 가증스러운 적이자 악의 화신이 아닐까요?

다시 말해서 '정의'인지 '악'인지는 각자가 처한 입장에 따라 달라질 수 있다는 뜻입니다. 무엇이 '옳은지', 무엇이 '옳지 않은지' 함부로 단정할 수 없습니다.

"저는 틀린 말은 하지 않아요!"

"이상한 건 내가 아니라 당신입니다."

이런 주장들도 결국 말하는 사람의 가치관에서 비롯되었을 뿐입니다.

어떤 의미에서 정의감이란, 자기만의 가치관을 모든 사람의 가치관인 양 착각하는 것과 같습니다.

"세상 사람들이 그런 행동을 용납하지 않을 겁니다. 대충대충 한다는 건 사회인으로서 실격이에요!"

그렇게 말하는 사람의 가치관은 대개 부모님에게 물려받은 가치관입니다. 그렇지만 이 '알 수 없는 세상'은 우리가 생각하는 것보다 더 관대하고 더 애매모호한 곳입니다.

아마 당신 주변에는 남들보다 한발 앞서 '너무 열심히 하지는 않는' 사람도 있을 겁니다.

'얄미워, 용서 못 해. 일도 제대로 못하는 그런 사람……'

이렇게 비꼬는 말이라도 던지고 싶으신가요?

그런데 당신과 그 사람은 양쪽으로 쪼개진 사과의 왼쪽과 오른쪽 같은 관계입니다.

성실하지 못한 그 사람이 있기에 열심히 하는 당신이 있습니다. 그러니 이번에는 당신이 먼저 '열심히 하지 않는' 사람의 역할을 해버리면, 성실하지 못했던 그 사람이 열심히 하게 될 겁니다. (분명히 그럴 거예요. 내기를 해도 이길 자신이 있습니다! ^^)

그러니까 이제 절대적인 '정의감' 따위는 필요 없습니다.
마음을 좀 더 가볍게 내려놓아도 괜찮다는 말입니다.

'좋은' 일도 '나쁜' 일도
당신 탓이 아니다

'너무 열심히 하는 걸 좀처럼 그만둘 수 없다.'
그런 사람은 주변에서 일어나는 일에 지나칠 정도로 민감합니다.

누군가가 나에게 어떻게 했다 vs 아무것도 하지 않았다,

누군가가 나에게 뭐라고 했다 vs 아무 말도 하지 않았다,

주의받았다, 무시당했다, 나를 바보 취급했다 등등.

'이것 봐. 열심히 하지 않아서 이런 일이 생기는 거잖아?' 하면서 항상 주변을 '감시'합니다.

그렇게 느끼는 건 기분 탓입니다. 그렇게 생각되는 문제가 발생했을 때 우연히 컨디션이 나빴던 게 아닐까요? 아니면 왠지 모르게 기분이 울적한 날이었다거나.

만약 그때 당신이 건강하고 활력이 넘쳤다면 아무렇지도 않았을 겁니다. 당신이 열심히 하지 않아서, 당신의 노력이 부족해서가 아니라 기분 탓인 게 분명해요.

그렇다고 또 정말 기분 탓인지 판단하거나 감시하려 들지도 마세요. 때로는 컨디션이 아무리 좋다 해도 나쁜 일도 일어나곤 하니까요. 우리의 노력이나 기분과 상관없이 일어날 일은 일어납니다. 그러니 세상일에 대해 일일이 본인 탓이라고, 노력을 덜한 탓이라고 자책하지 마세요.

- 눈앞에서 지하철 문이 닫혀버렸다.

- 나 혼자만 지시사항을 잊어버렸다.

- 머리 위로 새똥이 떨어졌다.

- 다른 때보다 일찍 나왔는데도 지각했다.

- 갑자기 소나기를 맞았다.

- 교통사고가 났다.

……기타 등등.

살다 보면 이렇게 다양한 문제를 만나게 됩니다.

내가 열심히 하든 안 하든 문제는 발생하기 마련입니다.

이미 일어난 문제에 대해 군이 가치판단을 하거나 본인의 노력 탓으로 돌리지 마세요.

즐겁게 사는 비결, 그것은 바로 어떤 일이 일어나든 '기분 탓' 아니면 '어쩌다 우연히' 일어난 일로 여기는 겁니다. 아무리 내 탓으로 돌린다 해도 피해 갈 수 없는 문제들이니까요.

정말이야.
내가 열심히 타지 않아서
오늘 이렇게 된 건 아니야!

열심히 하지 않아도
월급은 그대로

'너무 열심히 하는 것'을 그만두지 못하는 사람들이 불안해 하는 또 한 가지. 그 이름은 돈입니다.

'일하지 않는 자는 먹지도 말라고 했어. 그러니 열심히 일하지 않으면 가난해지는 게 당연한 거야…….'

아니요, 바로 그런 발상 자체가 틀린 겁니다.

수입이란 본래 그 사람이 지니고 있는 존재 가치의 척도입니다. 그렇기 때문에,

'나는 대단해!'라고 생각하는 사람은 고수입에 다가가고, '나는 여기까지'라고 생각하는 사람은 딱 그 정도의 수입에 그칠 확률이 높습니다. 당신이 받고 있는 급여는 당신 스스로가 '내 가치는 그 정도'라고 정한 액수입니다.

"아닙니다, 저는 회사원이라서 급여는 회사가 정합니다."

아니요, 그렇지 않습니다.

그 회사를 누가 선택했나요? 당신입니다.

스스로가 정한 자신의 존재 가치에 '어울리고' '걸맞은' 회사를, 당신이 직접 선택한 겁니다.

"정말 가고 싶은 곳에 합격하지 못해서 어쩔 수 없이 들어간 회사예요."

하지만 그것도 결국, 당신의 내면 깊숙한 곳에 있는 피해의식이 작용한 결과입니다. 바라던 곳이 아니라 해서 나를 무조건 낮추고 수그리고 양보할 필요는 없습니다.

단, 이것은 어디까지나 존재 가치에 관한 이야기라는 사실을 명심하세요. '존재 가치'란 당신이 특별히 무언가를 하지 않아도 본래부터 지니고 있는 가치입니다.

"명문대학을 나왔으니까 유명한 회사가 어울려."

"연줄이 없어서 저 회사에 취직 못 했어."

이렇게 여러 가지 조건이 붙는 이야기가 아닙니다.

다시 처음으로 돌아가보지요.

만약 당신의 급여가 200만 원이라면, 그 돈은 당신의 존재 가치에 대해 지불되는 금액이라고 생각하세요. 당신의 '존재 가치에 대한 고정급여'인 겁니다.

그렇기 때문에 더 열심히 하지 않아도 수입이 줄거나 하지 않습니다. (반대로 열심히 일해도 수입은 늘지 않지요.)

조금 쉬어 간다고 해서, 폐를 끼친다고 해서 결코 생각만큼 가난해지거나 최악으로 떨어지지는 않는다는 뜻입니다.

너무 열심히 하지 않아도
모두가 행복한 회사

그렇지만 단순히 급여가 줄지 않는다는 것만으로는 만족스러운 기분이 들지 않지요.

'급여가 줄지 않는 건 물론이고 계속해서 올랐으면 좋겠다.'

너무 노력하지 말아요

이것이 모두의 속마음입니다.

나아가 이런 불만을 토로하는 사람도 있습니다.

"좀 들어보세요. 전에는 회사에서 영업 실적을 올린 사람에게 특별 보너스를 지급했는데, 급여 체계가 새로 바뀐 뒤로는 전사원이 모두 똑같은 급여를 받습니다. 열심히 일한 사람도, 일하지 않은 사람도 모두 같은 금액이에요. 불공평하지 않나요? 이래서는 열심히 하면 할수록 손해라고요!"

"아하, 그렇네요……."

이 이야기를 듣고 제 눈이 번쩍 빛났답니다. 왜냐고요? 상대방이 이미 본인 입으로 정답을 말했으니까요.

'이래서는 열심히 하면 할수록 손해!'라고 말이지요.

네. 열심히 하면 할수록 손해예요!

그 회사의 급여 체계는 모두에게 '너무 열심히 하지 않아도 괜찮다'고 알려주고 있는 겁니다.

만약 회사가 '계약 1건당 ○○원' '당월 영업 성적 1위 달성 시 ○○원!' 등의 능력주의를 지속한다면 어떻게 될까요?

당신은 또다시 어린 시절로 돌아가,

'열심히 했으니까 인정받을 수 있어.' '열심히 안 했으니까 혼날 거야.' 이런 공포 마인드에 사로잡힐 겁니다.

'열심히 노력해야 하는 사람'이라는 굴레로부터 아무리 시간이 지나도 벗어날 수 없을 겁니다.

지금보다 더 열심히 노력할 수 있나요?

매일 야근하고, 수면 시간을 줄이고, 휴가를 미루고…….

하루는 24시간뿐입니다. 아무리 자지 않고 열심히 한들 언젠가는 한계에 부딪힙니다. 그다음은 추락일 뿐입니다.

인정을 받고 싶다면 '무조건 열심히 하는 것'은 이제 낡은 방식입니다. 능력주의였던 회사가 변화를 시도했다는 건 오히려 좋은 기회입니다.

지금부터는 '다 함께 너무 열심히 하지는 않는' 방식으로 매출을 올리면 됩니다. 모두가 지나치게 열심히 하지 않고도 골고루 능력을 발휘하게 될 때, 회사 전체 매출이 올라갑니다.

매출이 오르면 결과적으로 급여도 모두 오르겠지요.

너무 열심히 하지 않아도 모두가 행복해질 수 있는 겁니다.

지난번 내가 그랬듯 이번에는
김 과장이 도와주겠지… 쿨…

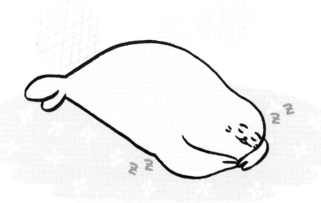

지금 자유로운 사람은
어디를 가도 자유롭다

한 회사원과 이런 상담을 한 적이 있습니다.

"제 주변에는 일 못하는 사람들만 수두룩합니다. 그런데 그런 사람들하고 저하고 급여는 같아요. 이렇게 열심히 일하는데도 제대로 평가해주지 않는 회사라면……. 참는 것도 한계가 있지, 이제 회사를 옮길까 생각 중입니다."

그런데, 그렇게 열심히 하는 상태라면 다른 회사에 가도 여전히 지금 회사와 똑같은 일이 반복될 겁니다. 당신 주위에는 그때도 역시나 일 못하는 사람투성이에, 급여도 기대만큼 오르지 않을 테고요.

왜냐고요?
당신이 너무 열심히 하니까요!

다른 사람들은 그렇게 늘 열심히 하는 당신을 지켜보면서 '저 사람이 있으니 나는 대충대충 해도 괜찮겠네'라고 생각할 게 분명합니다.

늘 열심히만 한다는 건, '나는 이렇게 열심히 안 하면 가치가 없다'고 말하는 것과 마찬가지입니다. 그러니 급여도 오르지 않습니다. 앞 장에서 계속해서 이야기한 내용과 같은 논리입니다.

너무 열심히 하려는 마음을 스스로가 놓지 않는 이상, 어디를 가더라도 원하는 만큼의 보상을 받을 수 없습니다.

제대로 평가받지 못하고 있다는 불만 때문에 이직하고 싶어 크게 고민이 된다면, 지금 다니는 회사에서 먼저 '너무 열심히 하지는 않는 사람'이 되어보세요.

한 박자 쉬어 가며 고민하고 결정은 그다음에 해도 늦지 않습니다.

'지금 있는 곳에서 뛰쳐나와 더 자유롭게 살고 싶어!'

이런 꿈을 꾸는 사람도 이직을 고민하는 사람과 다를 바가 없습니다.

직장에서 남들의 평가에 지나치게 신경 쓰는 사람이라면, 독립해서 창업을 하거나 프리랜서가 되어 일한다 해도 클라이언트의 눈치만 살핍니다.

"저한테 일을 맡겨주시겠습니까?"

"네. 요구하신 대로 전부 수정할게요."

이런 식으로 상대에게 휘둘리다가 결국 또다시 자유롭지 못한 사람이 됩니다.

결혼했기 때문에 자유롭지 않다?

아이가 있어서 자유롭지 않다?

가난하기 때문에 자유롭지 않다?

아뇨, 그렇지 않습니다.

지금 있는 곳에서 자유롭지 못한 사람은 어디를 가도 자유로울 수 없습니다. 독신이어도, 아이가 없어도, 가난하지 않아도 마찬가지입니다.

지금 있는 자리에서 나답게 살아갑시다.

당신은 '훌륭하고 고유한 존재'입니다.

스스로의 가치를 믿고 즐기면서 하고 싶은 일을 하면서 살아갑시다.

지금 자유롭다면 그 무엇도 걱정할 필요가 없습니다.

당신은 어떤 상황에서도, 어떤 시련에 부딪혀도 반드시 자유로울 테니까요. 세상에서 오직 당신만이 지닌 고유한 가치를 잃지 않을 테니까요.

언제 어디서나 자유로운 나.
도라에몽이 부럽지 않네!

열심히 하지 않는 사람을
실은 부러워한다

'그리 열심히 하지 않는데도 참 잘나간다.' '칠칠맞지 못하고 실실거리는데도 어째서인지 주변 사람들이 도와준다.'

하지만 막상 본인이 저런 입장이 되면 이렇게 걱정합니다.

"주위에서 저를 싫어하지 않을까요?"

아니요, 괜찮습니다. 걱정하지 않아도 됩니다.

그런 이유로 당신을 싫어한다는 건 이솝우화 〈여우와 신 포도〉에 등장하는 여우와 같은 심리니까요.

어느 날 여우가 산책길에 참 맛있어 보이는 포도를 발견합니다. 하지만 그 포도는 너무 높은 곳에 달려 있어서 아무리 애를 써도 닿지 않았습니다. 결국 탐스러운 포도를 포기할 수밖에 없었던 여우는 태연히 말합니다.

"흥, 됐어. 어차피 저런 포도는 분명히 시고 맛없을 거야."

사실은 무척이나 먹고 싶었지만, 자존심 센 여우는 실패를 인정하고 싶지 않았습니다. 그래서 엉뚱하게 신 포도를 탓하며 스스로에게 거짓말하고, 자기방어라는 가면을 쓴 겁니다.

즉 '열심히 하지 않는 사람'을 보고 불편함을 느끼는 사람은 한편 '열심히 하지 않는 사람'을 동경하고 있는 셈입니다.

'열심히 하지 않는 사람'에게 싫은 소리를 하고 싶은 이유는 마음속으로 부러워하고 있기 때문입니다.

다른 사람의 평가 따위는 신경 쓰지 마세요.

당당하게 나만의 고유한 인생을 살아가면 그만입니다.

하고 싶은 일만 해도
괜찮아

'어떤 모습이라 해도 나는 이미 훌륭해'라는 전제를 세웠다면, 그다음은 스스로를 믿어주기만 하면 됩니다.

너무 노력하지 말아요

하고 싶지 않은 일은 그만두세요. 그리고 하고 싶은 일만 하면 됩니다. 참으로 단순하지 않습니까!

그래도 분명 누군가는 이렇게 말하겠지요.

"음, 그럴 수는 없습니다. 싫어도 해야 하는 일도 있으니까요. 일이란 원래 그런 게 아니겠습니까?"

정말로 하기 싫은데 생계를 위해서는 할 수밖에 없어.

거부하면 이상한 부서로 발령나겠지.

한심하게 굴면 쫓겨날지도 몰라…….

그래서 참을 수밖에 없습니다. 하지만 그렇다고 해도 평생 그렇게 참기만 하는 인생이라는 건, 너무 슬프지 않습니까?

하고 싶은 일보다 그렇지 않은 일을 하는 데 인생의 더 큰 부분을 허비해야 한다니요!

참고 있는 동안은, 나 스스로 나다운 면을 억누르고 있어야 합니다. 나답게 살 수 없는 인생이 제대로 되어갈 리 없습니다.

나는 멋진 물개로 태어났어.
그러니 나답게 살면 가장 멋진 거야!

그렇게 참기만 하니까 입만 열면 불평불만과 험담이 새어 나오는 겁니다. 참기만 하니까 보람도 없고 매일 즐겁지 않은 겁니다. 그러는 사이 자기 자신마저 싫어지게 됩니다.

진심으로 바라는 대로 살아갑시다.

내가 바라는 대로 살면 남들이 미워한다?

내가 바라는 대로 살면 남들이 싫어한다?

내가 바라는 대로 살면 남들이 화를 낸다?

신경 쓰지 말고 하고 싶은 말은 다 하세요.

하기 싫은 일은 용기를 내어 '하고 싶지 않아!'라고 확실히 말해도 괜찮습니다. 당신은 이미 너무 많이 노력했고 충분히 참아왔으니까요.

"참아야 하긴 해도 이 일은 공부가 되는걸요."

그런 말 역시 속마음을 감추기 위한 변명일 뿐입니다. 스스로를 설득시키고 속이기 위한 변명이요.

도대체 언제까지, 원치 않는 일을 열심히 할 생각인가요?

솔직히 이야기하면
만만치 않은 존재가 된다

'하고 싶지 않아!'라고 똑바로 말해도 괜찮습니다.

이 문장을 다시 쓴 이유는, 이것이야말로 '너무 열심히 하지 않기'를 위한 첫걸음이기 때문입니다.

그리고 회사에서 '너무 열심히 하지 않는 비결'을 실천하려면, 우선 '열심히 하지 않는 당신'을 각인할 필요가 있습니다.

여느 때처럼 책상 위에 툭 던져지는 서류.

"최대한 빨리 처리하도록 해" 하고 상사가 지시합니다.

그 면전에서 바로 "하고 싶지 않습니다!"

이렇게 말할 수 있나요? 말하기 두려운가요? 그런 말로 상사의 기분을 거스르면 몇 배로 되돌려받을 것 같을 테니까요.

그래도 용기를 내서 말해야 합니다.

그리고 그런 때는 이런 요령을 활용해보세요.

먼저, '제가 안 하면 어떻게 되는 겁니까?'라고 말하면서 내키지 않는다는 기색을 보이는 겁니다.

그러면 상사는 분명 이렇게 되받아치겠지요.

"무슨 소리를 하는 거야! 이건 자네가 해야 하는 일이야. 빨리 처리하지 않으면 곤란하다고."

그러면 당신은 그제야 천천히, 결코 원하지는 않지만 마지못해 한다는 듯 대꾸하는 겁니다.

"그렇다면 어쩔 수 없네요. 일단 해보긴 하겠습니다."

결국 당신이 '한다'는 사실은 달라지지 않는다 해도,

'안 하면 어떻게 되는 겁니까?'라는 이 한마디를 함으로써 당신의 입지는 높아집니다.

'어떤 상황에서라도 지시하면 군말 없이 하던' 당신에서 '순순히 이용당하지는 않는' 당신으로 말이지요.

상사와 대등한 입장이 되어보는 것만으로도 당신은 어느새 만만히 다뤄질 수 없는 사람이 됩니다.

그저 속마음을 말할 수 있게 된 것뿐인데, 신기하게도 '마지 못해 했을 때' 느끼던 자괴감이나 원망 같은 부정적인 감정이 한순간에 사라집니다.

　　마음에 이 정도라도 여유가 생기면 같은 일도 더 즐겁게, '나답게' 할 수 있게 됩니다. 말의 힘은 위대합니다.

'의뭉스러운 캐릭터'로
내 방식대로 살기!

"무슨 뜻인지 알겠습니다. 이제 저 열심히 안 할 겁니다!"

아, 드디어 그럴 마음이 들기 시작했나요?

단, '너무 열심히 하지는 않기'로 결심했다면, 이번에는 그 결심을 지키려다가 또다시 너무 열심히 하지 않도록 주의해야 합니다.

"저, 이제 열심히 안 한다니까요!"

이런 말을 주위에 퍼뜨릴 필요도 없습니다. 혼자서 조용히, 마음속으로 생각하면 그만입니다.

"이번 달 매출 목표 달성합시다!"

"네, 최선을 다하긴 하겠습니다만."

"목표를 완수하지 못하면 어떻게 할 건데?"

"뭐, 죄송합니다."

"월급 깎아버릴 거야."

"네, 깎으셔도 뭐."

"다음에는 분발하라고!"

"네. 그러긴 하겠습니다만……."

이것으로 충분합니다.

요컨대 자신만의 방식으로 열심히 하면 되는 겁니다.

열심히 할 수 없는 일도 있는 법이니까, 너무 기대에 부응하려고 하지 마세요. 목표 달성을 못해도 의기소침하지 말고요.

"네. 최선을 다하긴 하겠습니다."

늘 싱글벙글 웃으면서 그렇게 대답하면 그만입니다. 그러는 사이 주변 사람들은 당신에게 질려서 이렇게 말하겠지요.

"자네는 언제나 말뿐인 건가?"

"이제 됐네. 자네한테 말해봤자 소용없으니 일은 그냥 좋을 대로 해."

"알겠으니까 큰 사고만 없도록 주의해."

그러면 당신은 그 자리에서 의뭉스럽게 "헤헤헤" 웃으면 그만입니다.

출장을 보내면 함흥차사.

점심시간에 나갔는데 저녁때까지 행방불명.

"또 그 녀석인 거야? ……그 녀석이라면 어쩔 수 없지."

차라리 이런 사람이 되면 하루하루가 즐겁지 않을까요?

비록 "그 사람, 일도 잘하고 참 멋있어." "어쩌면 그렇게 능력이 출중하고 시간 관리도 잘할까?"

이런 칭찬이야 듣지 못하게 되겠지만요.

그래도 다른 사람에게 칭찬받는 것보다 자기 자신에게 만족하는 것, 자유롭고 여유롭게 사는 게 훨씬 중요합니다.

하고 싶은 대로 마음 편하게 스트레스 적게 사는 삶이 더 행복한 겁니다.

자, 그야말로 '의뭉스러운 캐릭터'가 최고!랍니다.

어린 시절의 나를
스스로 치유하자

지금까지 상사에게 솔직하게 이야기하지 못한 이유는 과연 무엇일까요?

"말해봤자 어차피 들어주지 않습니다. 어차피 혼나기만 할 텐데요, 뭐."

"그럴까요? 마음이 넓은 사람 같아 보이던데……."

"겉보기에만 좋아 보이는 거고 회사에서는 권위적이에요."

그런데 그렇게 말하는 당신은 몸에 힘을 꽉 주고 전투 태세. 왜 그렇게 예민한 반응을 보이는 건가요?

좀처럼 속내를 털어놓지 못하는 사람은, 어린 시절의 아픈 기억이 남아 있기 때문입니다.

"부모님이 엄격해서, 과자가 먹고 싶다고 아무리 떼를 써도 사주지 않으셨어요."

"부모님의 교육열이 너무 높아서, 학원에 가고 싶지 않다는데도 억지로 보냈어요."

그렇게 솔직하게 말해도 부모님이 들어주지 않았던 마음의 상처가 아직도 낫지 않고 욱신거리고 있습니다.

그래서 상대방의 지위가 자신보다 높으면, 그 옛일이 떠올라 본능적으로 상대에게 졌다고 간주해버립니다. 상대방에게 말대답하기도 '무섭다'고 느끼게 되는 겁니다.

"어째서 내 상사들은 하나같이 큰소리로 화를 내고 내 의견을 제대로 들어주지 않는 걸까? 아, 나는 왜 이렇게 상사복이 없지? 늘 나만 이래."

'늘 나만.' 당신의 머릿속은 지금 불공평하고 부당하다는 생각들로만 가득 차 있습니다.

그런데 그건 우연이 아닙니다. 그럴 수밖에 없습니다.

화 잘 내는 상사, 이야기를 제대로 들어주지 않는 상사들은 당신이 데려왔습니다.

어린 시절, 부모님에게 말하고 싶었지만 결국 못 했던 '왜 내 이야기를 안 들어주는 거야?'라는 말. 그 말이 아직까지 당신의 마음 깊숙한 곳에 남아 있습니다.

'너무나 간절히 말하고 싶어. 그런데 말하지 못했어……'

그래서 당신은 그때와 같은 상황을 스스로 준비합니다. 부모님과 비슷한 행동을 할 것 같은 권위적인 상사를 곁에 두고, '이번에야말로 꼭 제대로 말하겠어'라고 다짐하고 또 다짐하지만 늘 제자리입니다. 당신은 과거의 아픔을 극복하기 위해 무의식중에 그렇게 노력하고 있는 겁니다.

그런 당신이 과거의 아픔을 극복하려면 두 가지 방법이 있습니다. 첫 번째는, 어린 시절에 하지 못했던 말을 상사 앞에서 해버리는 겁니다.

"어째서 제 의견은 항상 제대로 들어주시지 않는 겁니까?"

"어째서 늘 저만 혼내십니까?"

이렇게 속마음을 이야기하는 것만으로도 과거의 상처가 스르르 녹아버리기도 합니다.

두 번째 방법은, 어린 시절의 자신을 보듬고 치유하는 작업을 우선으로 삼는 것입니다. 지금까지 떠올리기 괴로워서 마음속에 봉인해온 기억들과 이제 정면으로 마주하세요.

"아버지가 이야기를 들어주지 않아서 억울하고 분했지?"
"어머니가 화만 내서 힘들었지?"
그리고 이렇게 그 시절의 나 자신에게 "슬펐지, 괴로웠지. 하지만 이제 괜찮아" 하고 말을 걸어주기만 해도 괜찮습니다. 어린 시절의 상처가 치유되면서 당신의 마음도 평온해질 겁니다. 괜히 상대방을 두려워하지 않고, 자신의 진정한 속마음을 쉽게 전할 수 있게 될 것입니다.

이제 너무 아파하지 말아요.
솔직하게 말하면 다 나을 거예요.

반발하고 싶다면
나부터 달라지자

"안 됩니다. 불가능해요. 우리 부장님은 완고하고 까칠한 구석이 있어서, 부하들의 말 따위는 절대 안 들어주세요."

꽤나 가시 돋친 말이네요.

완고하고 어딘가 까칠한 사람은 의외로 당신 아닌가요?

상사가 까칠한 면이 있는 것처럼 보이는 이유는 당신이 정면을 보고 있지 않아서가 아닐까요? 당신이 의자를 정면이 아닌 옆으로 놓고 앉아 있으니, 서로의 얼굴을 마주 볼 수 없는 게 아닐까요?

"부장님이 제 말을 들어주지 않고 무시하시잖아요!"

"자네가 건방진 소리를 하기 때문이잖나!"

이렇게 언제나 한 사람은 이쪽을, 다른 한 사람은 저쪽을 향하고 있습니다.

고집부리지 말고 당신이 먼저 의자를 고쳐 앉아보세요.

내가 먼저 상대방을 인정함으로써 상대방의 태도가 확 바뀌는 경우도 있습니다. 지금까지 겉으로 드러내지 않았던 당신의 또 다른 모습을 상대에게 보여주는 겁니다. 겉으로는 어딘가 까칠해 보여도, 내면은 정반대로 내성적이고 수줍어하는 모습일 수도 있으니까요.

〈북풍과 태양〉이라는 이야기를 다들 아실 겁니다.

북풍이 아무리 찬바람을 쌩쌩 몰아쳐도 나그네는 외투를 벗지 않았습니다. 따끈따끈하고 환한 햇볕이 쏟아지자 나그네는 비로소 훌훌 외투를 벗었습니다.

상대에게 반발하거나 따지기 전에 오히려 나 자신이 북풍이 아니었는지 돌아보세요. 먼저 상냥하게 대하면 훨씬 더 편해집니다. (물론 처음에는 조금 분하긴 하겠지만요.)

먼저 백기를 들고
진심을 고백하라

어떤 부부가 있습니다.

'친구들과 외식하고 올게요~ ♪'

남편이 퇴근해서 집에 오니 부인은 없고 메모만 한 장 달랑.

남편은 혼자서 저녁 식사를 하는 걸 무척 싫어합니다. 그리고 실은 부인이 없으면 못 견디게 외로워합니다.

부인이 집에 돌아오자 남편은 버럭 화를 냅니다.

"당신, 가정주부가 이 시간까지 어슬렁거려도 되는 거야?"

그 말을 듣자 부인도 함께 폭발해버립니다.

부부싸움이라는 게 대개 이렇게 작은 문제에서 시작되곤 하지요.

남편은 왜 마음을 솔직하게 말하지 못했을까요?

"당신이 없어서 쓸쓸했어. 당신이 없으면 재미가 없어."

이렇게 남편이 솔직하게 털어놓았다면 부인도 솔직하게 '미안해요. 더 일찍 들어올 걸 그랬네'라고 말했겠지요. 그리고 두 사람 사이에 괜한 응어리 따위는 남지 않았을 겁니다.

남편도 속이 후련했을 테고요. 애초에 부인을 항상 집 안에만 있도록 강요할 마음 따위는 없었으니까요.

회사나 업무와 관련된 인간관계도 마찬가지입니다. 자신의 마음이 상대방에게 제대로 전달되면, 더 큰 갈등으로 이어지지 않습니다.

"그렇게 생각하시는 거, 참 이상합니다!"

"과장님이 틀리셨어요!"

"아무리 생각해도 상식적으로 이해가 가지 않습니다."

그런데 당신은, 어디까지나 자신의 감정적인 반응을 정당한 주장으로 바꿔치기해서 상대방에게 밀어붙이고 있는 건 아닌가요?

그러니 의사소통이 제대로 되지 않는 겁니다.

자, 오히려 이런 때에는 원칙이나 논리를 강조하기 전에 마음과 감정을 솔직하게 '고백'해보세요.

"과장님이 제 마음을 몰라주시니까 왠지 서글퍼요."

"제 의견을 외면하실 때면, 저 스스로 변변찮은 사람처럼 느껴져서 무척 괴롭습니다."

솔직한 감정을 담아서 한 고백 앞에서 화를 낼 수 있는 사람은 많지 않습니다.

감정을 먼저 '고백'하면 '지는 것'이라고 생각하는 사람도 많습니다. 그래서 더 강한 척, 잘난 척을 하면서 상처받은 마음을 숨기고 가면을 씁니다. 무시당할까 싶어 더 열심히 하기만 합니다. 그렇지만 이제 '이기고 지고' 따위는 어떻게 되든 상관없지 않나요? 먼저 공감을 이끌어낼 수 있으니 당신이야말로 더 솔직한 강자인 겁니다.

먼저 백기를 드세요. 그러면 모두가 당신을 응원하기 쉬워집니다. 당신을 돕는 게 더 수월해집니다.

그렇게 더 편안한 마음으로 모두에게 의지하고 도움을 받을 수 있습니다. 더 열심히 노력하지 않아도 유연하게 흘러가는 존재가 되는 것입니다.

청기… 올리지 말고
백기 들고 랄라라~!

진심을 담은 말이
세상을 바꾼다

'이 회의실, 왠지 춥네.'

이런 생각이 들 때가 있습니다. 그런데 주위를 돌아보면 모두 아무렇지 않은 얼굴입니다.

'나 혼자만 추운 건가? 다 함께 회의 중인데 혼자만 춥다고 하면 너무 이기적으로 보이려나······.'

결국은 참다못해 10분 뒤, "여기 왠지 좀 춥지 않나요?" 하고 묻습니다. 그러자 모두들 "좀 그렇지?"라고 대꾸합니다.

실은 모두 춥다고 느끼고 있었던 겁니다. 단지 다른 사람들을 배려해 말을 꺼내지 않고 참고 있었을 뿐인 거지요. 그러니 처음 말을 꺼낸 당신에게 모두가 감사할 따름.

업무 중에도 이와 비슷한 일은 많습니다.

'이런 일로 야근해봤자 아무 의미 없는데······.'

이렇게 생각하는 당신. 그런데 실은 상사도 똑같은 생각을 하고 있을 수 있습니다.

불만을 참기보다는 과감히 속마음을 털어놓고 부딪쳐보세요. 분명 상사나 다른 동료도 오히려 공감하면서 이해해줄지도 모릅니다.

"이제 너무 열심히 하고 싶지는 않은데 상사에게 통하지 않습니다.""끊임없이 노력하고 싶지는 않은데, 주위의 시선이 조금 두려워요."

이런 고민을 하는 당신. 실은 똑같은 고민을 지금 이 순간 당신의 상사나 동료도 하고 있을 확률이 높습니다. 진심을 말로 표현하는 순간, 이 '알 수 없는 세상'이 그 한마디로 인해 완전히 달라지는 경우도 많지요.

"그렇다면 한번 다른 방식으로 생각해볼까?"

이 한마디로 당신을 둘러싼 환경들이 '너무 열심히 하지 않으면서도 행복한 길'로 방향을 바꾸기 시작할 수도 있습니다.

진심을 담은 말에는 그렇게 큰 힘이 담겨 있습니다.

포기하면 아무리 시간이 흘러도 달라지지 못합니다.

'너무 열심히 하지 않겠다'고 결심했다면 용기를 내세요.

당신의 마음이, 진심으로 원하는 대로 살아가세요.

물론 솔직하게 진심을 드러내 전했다고 해서 주위가 하루 아침에 완전히 바뀌지는 않습니다. 그러나 자신의 내면에 귀를 기울이기 시작했다는 건 참으로 의미심장한 변화 입니다.

시간은 이미 나의 친구.
너무 노력하지 않아도 괜찮아요.

'정의'란 어디까지나 가치관의 문제이다.
무엇이 옳고 무엇이 그른지 단정할 수 없다.

★

늘 너무 열심히 하는 사람은
모든 문제를 노력이 부족한 탓이라고 자책한다.
우리의 노력이나 기분과 상관없이 일어날 일은 일어난다.

★

수입은 존재 가치의 척도. 지금의 내 수입은 내가 정한 것.

★

너무 열심히 하려는 마음을 놓지 않는 한
결코 원하는 만큼의 보상을 받을 수 없다.

★

지금 있는 곳에서 자유롭지 못하면 어디를 가도 자유로울 수 없다.
하기 싫은 일은 그만두고 하고 싶은 일만 하면 된다.
참기만 하면 어느새 자기 자신까지 싫어진다.

★

때로는 상사의 지시를 솔직하게 거절해보자.
속마음을 말한 것만으로 편안해진다.

★

'의뭉스러운 캐릭터'로 내 방식대로 살아간다!

너무 노력하지 않아도 당근 벼락이!!
내가 너무 귀엽기 때문인가 봐.

5장

너무
노력하지 않아도
행복한 사람의
습관

'내가 바라는 나'를
만나는 지름길

인정받는다, 칭찬받는다, 인기 있는 사람이 된다, 출세한다, 일인자가 된다, 부자가 된다, 사장이 된다, 더 건강해진다, 훌륭한 인맥을 만난다…….

무엇이든 괜찮습니다. 당신이 바라는 '미래의 나'의 모습들.

열심히 노력하는 당신이 바라는 '미래의 나'를 향해 가는 지름길은 바로 '너무 열심히 하지 않는' 것입니다.

반드시 열심히 해야만 만족스러운 결과가 돌아오는 게 아닙니다. 행복해지는 방법은 지금까지 상식으로 여겨왔던 것들과는 반대인 경우도 많습니다.

자, 이제 눈치채셨습니까?

거꾸로 실천했어야 했기 때문에 아직도 결과가 나오지 않아 허탈하고 힘들었던 겁니다. 너무 열심히 노력하지 않을 때 더 행복한 하루하루를 만날 수 있으니까요.

살이 빠지면 수영장에 가겠다, 부자가 되면 프라다 가방을 사겠다, 외국어로 대화할 수 있게 되면 유학을 가겠다, 자신감이 생기면 회사를 그만두고 독립하겠다, 예뻐지면 연애를 하겠다, 살이 빠지면 멋진 옷을 사 입겠다…….

곧잘 이런 말들로 자신의 현재 모습을 부정하곤 합니다. 하지만 모두 순서를 바꾸어야 합니다. 유학을 가면 자연스럽게 외국어가 늘고, 수영장에 다니기 시작하면 운동을 꾸준히 하는 셈이니 저절로 살이 빠질 겁니다.

현재의 나를 부정하는 건, 브레이크를 밟은 상태로 액셀을 밟는 것과 같습니다. 그러니 아무리 열심히 애를 쓴들 앞으로 나아갈 수 없습니다.

너무 열심히 하지 않아도 행복한 사람은 이런 법칙을 잘 알고 있습니다. 그래서 '내가 바라는 미래의 나'를 실현하기 전에, 먼저 그 모습이 되어 어울리는 경험을 체험해보곤 합니다. 낯선 것들이 두려워도 그렇게 하나하나 시도하며 나아갈 때, 더 빨리 '더 나은 미래의 나'를 만날 수 있습니다.

성공은 준비된 사람을
찾아온다

어떻게 하면 더 빨리 '내가 바라는 미래의 나'를 만날 수 있을까요?

어느 TV 프로그램에서 유명한 연예인이 젊은 후배에게 이런 충고를 하는 장면을 본 적이 있습니다.

"유명해지고 싶다면 조금 허세를 부려서라도 더 좋은 아파트에 사는 게 좋아. 그러면 일이 점점 더 많이 들어오니까."

혹시 이 충고에 거부감이 먼저 드시나요? 그런데 실은 꽤 일리 있는 주장이랍니다.

성공은 성공이 어울리는 사람에게 찾아옵니다.

성공은 성공을 맞이할 준비가 되어 있는 이를 알아봅니다.

그러니 성공하기 전에 미리 성공에 어울리는 사람이 되어 보는 건 아주 현명한 방법입니다.

지인 가운데 성공한 사업가와 경영인이 몇 분 있습니다.

그들은 고급 옷을 입고, 고급 식당에서 식사를 하고, 지방으로 이동할 때는 열차의 특실 차량을 이용합니다.

과연 능력이 좋아서 돈을 잘 버는 사람들은 다르다고요?

돈이 남아돌아서 그렇게 쓸 수 있는 것 아니냐고요?

어느 날, 그중 한 분이 이런 이야기를 했습니다.

"영업으로 정신없이 뛰어다니던 평범한 샐러리맨 시절에도 저는, 열차는 자비를 들여서라도 무조건 특실 차량을 이용했습니다."

그는 젊었을 때부터 경영자가 되리라 결심했다고 합니다.

그리고 그 꿈을 대전제로, 자신이 하는 모든 행동을 그에 맞추어 결정했다고 합니다. 경영자가 할 법한 행동을 미리 실천해보면서 '경영자에 어울리는 미래의 나'를 천천히 만들어간 겁니다.

매번 특실 차량을 이용한다는 건 분명, 아직 젊고 형편이 넉넉하지 않았던 그에게 과소비이자 사치였을 수도 있습니다.

그러나 열차의 특실 승차권 정도의 지출이라면, 미래의 경영자에게 어울리는 다양한 습관 중에서는 시도해볼 만한 가격대라고 판단하고 내린 결정이었겠지요.

'하지만 이런 초라한 내가 감히 어떻게?'

자신의 한계를 규정해버리는 패배의식을 걷어내세요.

성공에 어울리는 습관을 체험하고 나면, 우리는 분명 그 성공에 더 가까워질 수 있습니다.

크게 부담스럽지 않을 정도의 고급스러운 체험을 해보면 어떨까요?

- 고급 호텔의 티룸에서 차 마시기
- 수입 가구점의 전시장 구경하기
- 미술관과 박물관에서 진품 감상하기
- 살고 싶은 집의 모델 하우스나 주택 전시관 방문하기
- 전부터 갖고 싶었던 브랜드 제품 구매하기

• VIP석에서 세계적인 연주자의 음악회 감상하기

……기타 등등.

성공을 꿈꾸는 사람이라면, 이 정도는 시도해볼 수 있지 않을까요? 생각보다 그리 큰돈을 쓸 필요도 없습니다.

마음이 여유롭고 풍요로움에 익숙해지면, 스스로에게 그 여유와 풍요로움을 받아들이고 만끽하는 자유를 허락하게 될지도 모릅니다. 어쩌면 그런 일상이 당연해지겠지요. 마침내 더 수준 높고 고급스러운 문화에 자연스럽게 어우러지는 나 자신의 변화를 확인하게 될 겁니다.

무조건 비싼 게 좋다는 말이 아닙니다. 단지 고급스러운 제품이나 체험이 어떤 풍요의 상징이 될 수 있다는 뜻입니다. 경험해볼 사람의 자격이 따로 있는 게 아닙니다.

그러니 값비싸고 풍요롭고 고급스러운 것에 전혀 주눅 들 필요가 없습니다. 당신이야말로 이미 세상에서 유일한 명품 같은 존재니까요!

나 비록 물개로 태어나긴 했지만
스테이크 맛도 아는 멋쟁이!

미래의 나를
준비하는 옷

저는 카운슬러라는 직업상 많은 분들과 만납니다. 게다가 많은 사람들 앞에서 이야기를 해야 할 때도 많습니다.

그렇게 사람들과 만나는 자리에 카운슬러인 제가 구깃구깃한 양복을 입은 모습으로 나타난다면, 상대방 입장에서는 아무래도 신뢰하기 어려울 겁니다. 제가 아무리 '카운슬링 실력만큼은 확실합니다'라고 주장한들 믿기 힘들겠지요.

그러나 사무실을 막 열었을 무렵 저에게는 '신뢰할 만한 카운슬러'다운 옷이 전혀 없었습니다. 나 자신을 '이미 대단한 존재라 여기자'고 마음먹기 전이기도 했고요.

그래서 옷이나 가지고 다니는 소품 모두, 기능성과 편리함 그리고 저렴한 가격을 우선해 구입한 것들뿐이었습니다.

그런 물건들이 당시의 제게 어울린다고 확신했던 걸까요?

그저 저 자신을 그 정도 수준이면 충분한 사람이라고 단정 지었던 겁니다. 실은 저도 '살을 빼고 난 뒤에 수영장에 가겠다' '외국어가 유창해지면 유학을 가겠다'와 비슷한 사고방식에 젖어 있었습니다.

누구나 신뢰할 수 있는 카운슬러가 되겠다고 굳게 다짐한 뒤, 저는 프로 스타일리스트의 도움을 받기로 결심했습니다.

저는 스타일리스트가 준비해온 '미래의 나에게 어울리는 옷'을 보고 깜짝 놀랐습니다. 지금까지 제가 골랐던 옷들과는 디자인, 색상, 소재 면에서 달라도 너무 달랐으니까요.

무엇보다도 옷값이 기존의 옷들과는 자릿수가 다를 만큼 엄청난 액수였습니다. 한 벌 가격이 이제껏 제가 쓴 1년치의 옷값과 맞먹을 정도였습니다.

"이렇게 좋은 옷을 내가 입어도 괜찮을까요?"

주저하는 제게 스타일리스트가 이렇게 격려해주었습니다.

"참 잘 어울려요. 저도 젊었을 때 옷 때문에 창피했던 기억이 많습니다. 하지만 그런 일들을 겪고 나서, 시간과 돈을 들여 저에게 어울리는 옷들을 찾아낼 수 있었지요. 제가 입는 일상복들을 모조리 바꿨습니다. 그러면서 다른 사람들에게는 정말로 어떤 옷이 어울릴지 생각해보기 시작했고, 마침내 지금과 같은 프로 스타일리스트가 될 수 있었던 거예요."

그 당시 저는, 스타일리스트가 골라준 옷들이 제가 입기에는 지나치게 좋은 옷이라고 생각했습니다. 하지만 다음 단계의 나에게 어울릴 만한 옷을 미리 입어봄으로써, 저 자신이 꿈꾸는 미래에 더 빨리, 진짜로 가까워질 수 있었습니다.

먼저 지금 입고 있는 옷부터 바꿔보세요.

반드시 고가의 브랜드 제품이 아니어도 괜찮습니다.

당신이 생각했던 미래의 당신 이미지에 어울리는 옷을 선택하세요. 그것만으로도 기분이 달라집니다. '나 자신을 대단한 사람으로' 여기는 과정에서 옷이 큰 역할을 할 겁니다.

그리고 '지금의 내가' 옷을 고른다면, 이번에도 역시 제대로 선택할 수 없을 겁니다. 아직 성공하기 전인 지금의 나에게 익숙한 옷을 고르게 될 테니까요.

그러니 당신의 진짜 가치를 발견할 수 있는 프로에게 한번 맡겨보세요. 프로의 객관과 자신의 주관은 차원이 전혀 다릅니다.

여담이지만, 최근 들어서는 패션에 관해 또 다른 시각도 갖게 되었습니다.

성공한 사람이라고 해서 반드시 고급스럽고 비싼 옷 위주로 입는 건 아닙니다.

교토에 살다 보면 유서 깊은 가게의 주인 등, 부의 차원이 다른 부자들을 소개받는 경우가 더러 있습니다. 그런데 그런 분들의 복장은 근방에서 흔히 볼 수 있을 법한 중년 신사풍. 누군가 알려주지 않는다면 그렇게 부자라는 사실을 알아채지 못할 만큼 수수합니다.

옷차림에 신경을 썼다고는 해도, 아주 값비싼 옷을 입은 것 같지는 않습니다. 그런데 신기하게도 값비싼 옷 못지않게 단정한 자신감이 넘쳐흐릅니다.

분명 어느 정도 일정 수준에 도달한 사람들은 그저 압도적으로 존재할 뿐. 그렇기 때문에 오히려 '진짜'를 골라낼 수 있는 것인지도 모릅니다.

나의 가치가
돈과 가격을 정한다

스스로를 과소평가하던 저는 돈을 쓰는 방법 면에서도 서툴렀습니다.

대학 졸업 후 바로 회사에 취업하고 나서 첫 달에 받은 급여는 대략 27만 엔. 당시 대형여행사 신입의 급여가 13만 엔 정도였으니, 급여가 꽤 높은 편이었던 거지요.

돈도 다양하게 써본 곰이
때깔도 곱다잖아?
이건 널 위한 솜사탕이야.
난 너무 훌륭한 소비자 같아!

마침 그때가 일본의 거품경제 시기와 맞물리면서 급여도 40만, 60만, 70만 엔…… 그렇게 수직 상승을 했고 그 뒤로도 점점 더 올라갔습니다.

일반적으로는 분명 그 정도의 급여를 받으면 여유롭고 부유한 샐러리맨이어야 합니다.

그런데 저는 돈을 쓸 수 없었습니다.

아니, 쓸 수 없었다기보다는 '제대로 쓰지 못했다'는 게 더 정확한 표현이겠네요.

'어떤 용도로 돈을 썼다'는 이렇다 할 기억도 없는데, 정신을 차렸을 때는 이미 돈이 줄어든 상태.

그래서 그 뒤로는 마치 강박관념에 사로잡힌 사람처럼, 끊임없이 스스로에게 '돈을 쓰면 안 된다'고 타일렀습니다.

물론 사치스런 생활을 하지도 않았습니다. 그런데도 어느새 돈이 사라져버렸습니다.

당시 제 입버릇은 늘 '왜 이렇게 돈이 없지?'였습니다.

돈이 없다.

그것은 저 자신에 대한 가치 척도이기도 했습니다.

늘 '없다'라는 생각에만 사로잡혀 있었던 나.

어쩌면 마음이 가난했던 것일지도 모릅니다.

하지만 지금은 무척이나 여유로워졌습니다.

돈을 많이 벌어서가 아닙니다.

돈에 대해 자유로우려면 먼저 돈에 주눅 들지 말아야 합니다. 나 자신의 가치는 돈 따위로 헤아릴 수 없는 것이니까요.

가령, 여기에 100만 엔짜리 멋진 꽃병이 있다고 합시다.

그 꽃병을 도저히 살 수 없다고 생각하는 사람은 이렇게 말하겠지요.

"아무리 멋져도 너무 비싸서 난 못 사요."

그럼, 이 꽃병이 1만 엔이라고 하면 어떨까요?

그 사람은 그래도 역시 '비싸서 못 사요'라고 말할 겁니다.

실은 꽃병의 가격 자체가 비싼 게 아닙니다.

　'나는 100만 엔짜리 꽃병을 옆에 둘 만한 가치가 없다'고 여기고 있기 때문에, 비싸서 못 산다고 생각할 뿐입니다.

　반대로 자신의 가치를 그 가격보다 더 높다고 믿는 사람이라면, 설사 300만 엔짜리 꽃병일지라도 원한다면 사겠지요.

　무조건 비싼 소비가 나의 가치를 높인다는 의미가 아닙니다. 물건의 가치는 그 물건을 살 사람이 믿고 있는 '자기 자신의 가치'에 따라서 정해진다는 뜻입니다. 스스로 가치가 없다고 생각하는 사람은 제대로 된 소비를 못합니다. 누가 뭐라고 해도 오로지 '비싸다'는 사실만 눈에 들어오니까요.

　하지만 '싼 게 비지떡'인 경우도 많답니다. 눈앞의 금액에 휘둘려 이런저런 싼 것들을 자주 사 모으고 결국 몇 번 사용해보지도 않고 방치하는 것. 심사숙고해 조금 더 고급스럽고 오래갈 제품을 선택해 그것의 가치와 본인의 가치를 함께 올리는 것. 어떤 소비를 선택하시겠습니까?

돈은 경험해본 사람을
찾아온다

극단적인 예를 들어보겠습니다.

그리 열심히 노력하지 않아도 행복할 줄 아는 사람은, 자신의 만족과 가치를 위해 갖고 싶다면 아무리 비싸도 100만 엔짜리 꽃병을 기꺼이 살 수 있습니다.

다시 한 번 거꾸로 생각해보세요.

'돈이 없으니 비싼 물건을 사지 못하고 그래서 만족하지 못한다 vs 나 자신의 만족이 중요하니까 비싼 물건이라도 꼭 갖고 싶다면 사고 그 비용을 어떻게든 돈을 벌어 충당한다.'

비싼 물건이라면 무조건 사려고 하지 않으니, 그것을 살 만한 돈을 노력해서 모으고 벌어들일 기회조차 사라지는 겁니다. 앞서 언급한 열차의 특실 차량과 같은 맥락입니다.

예를 들어, 하룻밤에 몇 십만 엔이나 하는 호텔의 스위트룸에 머무는 사람이 있습니다. 그런데 그 사람이 무조건 돈이 많아서 스위트룸을 사용하는 게 아닙니다.

스위트룸에 머물 줄 알기 때문에 돈이 들어오는 흐름을 더 잘 파악하게 됩니다. 스위트룸에 머물러본 경험 덕분에 돈이 들어오면 사용할 준비도 되어 있는 겁니다.

'그게 정말일까?' 하고 미심쩍은 생각이 든다면 한번 실험해보는 것도 좋겠네요. 지금 당장은 과분하다는 생각이 든다 해도, 조금 무리를 해서라도 평소보다 한 단계 위의 더 비싼 방에 묵어보는 겁니다.

최고의 서비스, 호화롭고 고급스러운 방에서 느껴지는 여유로움……. 당신도 분명히 깨닫게 될 것입니다.

'그래, 나는 이 정도의 돈은 써도 괜찮은 사람이구나. 귀한 대접을 받을 만한 사람이구나' 하고 말이지요.

귀빈이라는 자격은 나 스스로 경험하고 만들 수 있습니다.

혼자 갖는 티타임···
내 인생 최고의 시간···

돈은
쓸수록 살아난다

그렇다면 어째서 '돈을 쓰는 사람'이 부자가 될까요?

정말로 이상한 일입니다.

돈을 단 한 푼이라도 아끼고 모아야 부자가 될 수 있다고 알고 있었는데 말이지요.

"보통 돈은 쓰면 쓸수록 줄어드는 것 아닌가요?"

네, 저도 예전에는 그렇게 생각했습니다.

그런데 돈은 쓴다고 해서 무조건 줄어들지 않습니다. 돈이란 쓰면 언젠가는 다시 들어오는 구조로 설계되어 있거든요.

개인적인 자금의 흐름뿐만 아니라 나라 경제도 마찬가지입니다. 돈을 쓰는 것, 즉 소비가 활발해야 기업이 수익을 얻고 다시 투자를 거듭해 더 좋은 소비를 이끌어내는 상품을 만들 수 있습니다.

심한 낭비가 아닌 이상 목적이 분명한 지출은 나름대로 선순환을 이루게 되어 있습니다.

우리가 호흡을 할 때 숨을 내쉬면 새로운 공기가 다시 우리 몸에 들어와 순환하는 것과 같은 이치입니다. 숨을 내쉬어도 산소가 부족해지지 않듯이, 우리가 돈을 쓴다고 해도 그 흐름 자체가 완전히 줄어들지는 않습니다.

돈은 오히려 쓰면 쓸수록 늘어납니다. 운동량이 많아질수록 폐활량이 늘어나는 것과 비슷합니다.

절약은 분명 돈을 모을 때 가장 먼저 필요하고 중요한 1차적인 방법입니다.

하지만 돈을 부리는 규모가 작다면, 돈을 써본 경험이 없다면 정말 돈에 대해 제대로 안다고 할 수 있을까요? 정말 부자가 될 수 있을까요?

부자가 된다는 건 효율보다는 규모의 경제학입니다.

돈을 많이 모으는 것과 부자가 된다는 건 다른 문제입니다.

뛰어난 운동선수는 호흡을 아끼지 않습니다. 오히려 폐활량을 늘려갑니다. 돈을 벌고 다시 투자하며 순환을 이끌어 사업으로 성공한 부호는 있어도, 개인적인 절약만으로 부호가 된 사람은 없습니다.

부자가 된 사람들은 이미 이 법칙을 알고 있었던 겁니다.

가장 가치 있는 돈 쓰기
〈나눔 미션〉

'돈은 써야 다시 들어온다.'

갑자기 이런 역설적인 말을 들어도, 이미 몸에 밴 가치관은 그리 쉽게 바뀌지 않습니다.

'돈은 쓰면 줄어든다. 고로 절약이 최선! 근검 절약!'

우리 마음에는 이렇게 '깨끗하고, 검소하고, 바르게'라는 '청빈의 미덕'이 깊이 새겨 있기 때문입니다.

그러니 돈을 펑펑 쓴다는 건 품위 없는 일이고 주의해야 하는 일입니다. 돈은 이렇듯 죄악감과 결부시키기 쉬운 탓에 그만큼 함부로 쓸 수 없습니다.

그렇지만 이런 마음가짐으로는 제아무리 시간이 흘러도 풍요로워질 수 없습니다.

이번에는 돈을 쓰는 데 대한 저항감을 없애는 좋은 방법을 알려드리겠습니다.

이름하여 〈나눔 미션〉.

간단히 말하면 구호 단체를 정해 꾸준히 기부하는 활동입니다. 적십자도 월드비전도 유니세프도 좋고, 작게는 살고 있는 고장이나 작은 학교에 기부해도 상관없습니다. 환경 문제나 문화 지원 등에 관심이 많다면 관련 단체에 접촉해도 무방합니다.

아무래도 아주 유명하거나 이미 많은 이들이 후원하고 있는 곳보다는 더 많은 관심과 손길이 필요한 곳이 더 좋겠지요.

기부 방식은 다양하겠지만 조금 더 소박하고 구체적인 저금통을 활용해봅시다.

저금통 앞에는 자신의 얼굴이 비칠 만한 거울과 함께 당신의 기부로 인해 직접적인 혜택을 받을 누군가의 사진을 붙여두면 좋습니다. 거울에는 우리 자신의 모습이 비치고 사진 속 환한 미소는 내 기부금을 절실히 필요로 한다는 사실을 알려줍니다.

다른 사람에게 내 수고와 돈을 나누는 나. 그런 자기 자신에 대한 보답이라고도 생각하고 하루하루 저금통에 기부금을 모으는 겁니다. 저금통이 묵직해질수록 나 자신의 가치도 사진 속 수혜자의 가치도 높아지는 기분일 거예요.

이렇게 꾸준히 기부를 생활 습관으로 만들면 신기할 만큼 돈이 아깝지 않습니다. 이런 용도로 쓰는 돈이라면야 아무리 많이 쓴들 저항감이 생길 리 없습니다. 아무리 우울했던 하루라 해도 기부 저금통 앞에서 〈나눔 미션〉을 수행하는 그 순간만큼은, 뿌듯하고 긍정적인 에너지를 만나게 될 테니까요.

돈은 가치 있게 쓰면 나한테 다시 돌아온대.
거꾸로 강을 거슬러 오르는 연어들처럼.

즐거운 인생을 만드는
돈 쓰기

10여 명의 스태프와 함께 회식으로 불고기를 먹으러 간 적이 있습니다.

"아, 맛있게 잘 먹었다. 그럼 슬슬 일어날까?"

그러면 곧바로 계산서 전쟁이 시작됩니다.

"내가 낼게요!" "아니, 내가 낼게!" 하면서 서로 계산하려고 난리입니다.

"왜 그렇게 돈을 내고들 싶어 하는 거야?"

"그야, 낸 사람한테는 나중에 그만큼 돌아오니까요."

스태프들은 '쓰면 쓸수록 돌아오는' 돈의 법칙을 이미 알고 있습니다. 그래서 그렇게 서로가 돈을 내고 싶어 어쩔 줄 몰라 하는 겁니다. 결국 맨 마지막에는 누가 낼지 정하려고 가위바위보를 할 정도입니다.

가위바위보에 이긴 사람은 "아자! 내가 낸다!"

진 사람은 "이런, 아까워라······."

참 기묘하지요? 제 주위에는 이 정도로 돈을 쓰고 싶어 하는 사람들이 참 많답니다.

단순히 돈에 대한 집착이나 욕심 때문만은 아닙니다.

돈을 저금하고 나서 통장을 들여다보면서 흐뭇하게 웃고 싶어서도 아니고요.

그들은 가진 돈으로 인생을 더욱 즐기려는 겁니다. 스스로를 즐겁게 할 뿐만 아니라, 남을 돕거나 기쁘게 하는 데 그 돈을 쓰고 싶은 겁니다.

돈은 쓰면 줄어드는 것이 아닙니다. 돈을 써서 원하는 것이 손에 들어오면 마음이 여유로워집니다.

꽤 많은 시간이 걸리긴 했지만 저도 이렇게 돈의 법칙을 깨달았답니다.

나를 발견하는 생각
현실을 바꾸는 생각

스스로를 더 성장시키기 위해 최근 여러 가지 일에 도전했습니다. 그중 한 가지가 2,000명이 들어갈 수 있는 대연회장에서 강연회를 개최한 일입니다.

그 정도로 많은 분들이 제 강연을 들으러 올 거라고 확신했던 건 아닙니다. 그냥 '이유는 몰라도' 많은 분들이 와주리라 믿고 강연회를 진행한 겁니다.

그동안 세미나와 강연회에 참석해주신 분들의 숫자는 대략 50명에서 많아야 100명 남짓. 화이트보드에 적어가면서 이야기를 풀어나가는 것이 제 강의 스타일이었기에, 그 정도의 인원이 딱 알맞다고 생각했습니다.

그런데 어느 날, 화이트보드를 사용한다는 건 이미 처음부터 '나는 넓은 장소에서 강연할 만한 사람이 아니라고 생각했기' 때문이라는 사실을 깨닫게 되었습니다.

세미나가 끝나고 난 후 열었던 간담회 역시 생각해보니 소수여야만 가능했던 일입니다. 처음부터 '내 강의는 많은 사람이 들으러 온다'는 전제가 아니었던 것입니다.

'화이트보드 사용은 나의 가장 큰 특기이니까 활용한다.'

'간담회는 참석한 분들이 좋아하니까 반드시 연다.'

이렇게 나 스스로의 가능성을 소수 인원 참석 수준으로 먼저 제한해왔던 겁니다.

강연회장의 수용 능력이 곧 나 자신의 수용 능력.

그런데도 계속해서 '이게 제 특기이니까요' '다른 사람들이 좋아해주니까요'라는 구실로 나 자신의 성장을 스스로 막고 있었던 겁니다.

그래서 일부러 대규모 연회장을 미리 예약해버렸습니다.

화이트보드를 사용하던 강의 방식도 바꿨습니다. 가장 자신 있게 여기던 장기를 저 스스로 봉인해버린 겁니다.

'만약 아무도 안 오면 어쩌지……'

잠깐 불안하기도 했지만 걱정하지는 않았습니다. 강연회장은 초만원일 테니까요. 이번에는 저 스스로가 '강연회장에 사람이 가득 찼다고 여기기'로 마음먹었으니까요.

역시나 강연회장은 초만원. 강연회도 대성공이었습니다.

그렇게 저는 스스로를 한 걸음 더 성장시켜 다음 단계로 올라갈 수 있었습니다.

'생각'이 먼저입니다.

우리는 스스로를 "굉장해!" "훌륭해!" "최고!"라고 여길 수 있는 존재입니다. 그리고 그런 '생각'들은 우리를 지금보다 한 단계 위의 현실로 인도해줄 것입니다.

어떤 사람이 되고 싶습니까?

그 바람은, '되고 싶은' 것이 아니라 '이미 그렇게 되어 있다'고 알아채는 것만으로도 충분히 이룰 수 있습니다.

미처 그 모습을 깨닫지 못했을 뿐입니다.

이제 나를 그랑프리 물개라고 불러주세요!

당신의 바람이,

판매실적 1위로 표창을 받는다?

개발한 상품이 큰 히트를 쳐서 '화제의 인물'이 된다?

남모르게 쓴 소설이 권위 있는 문학상을 수상한다?

자, 그렇다면 지금부터 미리 인터뷰 연습을 해두도록 하죠.

TV 뉴스채널이나 다양한 방송 프로그램에서 취재하러 올지도 모르잖아요?

다른 사람들이 비웃어도 상관없습니다.

'생각'은 얼마든지 자유롭게 해도 괜찮습니다. 그리고 자신의 바람이 이루어지는 '방법'에 대해서는 고민할 필요가 없습니다. 그것이 너무 열심히 노력하지 않고도 인정받을 수 있는 키워드입니다.

물론 그 전에 '성공하지 않아도 행복하다'고 깨닫는 게 우선이지만요!

노력하지 않을수록 더 행복한
휴식의 달인

저는 한 달에 15일은 쉽니다. 일하는 날이 반, 쉬는 날이 반. 그 페이스로 생활합니다.

쉬는 날에는 느긋하게 블로그에 글을 쓰거나 책을 읽거나 합니다. 낮잠을 자기도 하고, 산책을 하기도 하고, 고양이랑 놀기도 하지요.

그래서 일하는 날에는 꽤나 많은 업무가 쌓여 상당히 바쁩니다. 그래도 짜증을 내거나 허둥지둥하지는 않습니다.

"미안합니다. 잠깐 기다려주세요."

이렇게 부탁하면 대체로 상대방은 기다려줍니다.

절대 여유가 있기 때문이 아닙니다. 맨 처음부터 '휴일'을 정해놓았기에 여유가 생긴 겁니다.

회사원 시절에는 주말이건 휴일이건 상관없이 일했습니다.

그래서 독립하고 사무실을 차리면서 저는 다른 건 몰라도

'휴식' 시간만큼은 반드시 정해두었습니다. 제가 느긋한 휴식 시간을 가장 좋아한다는 사실을 깨달았으니까요.

수첩에는 휴일 일정부터 정해서 체크합니다. 그야말로 열심히 하지 않아도 행복한 자의 일상이랍니다!

가장 잘 쉬는 물개가
가장 맛있는 물고기를 만난다네~♬
딩가 딩가~♪

진짜 '하고 싶은 일'을
찾을 기회

"거절하기, 민폐 끼치기, 쉬고 싶을 때 쉬기, 다른 사람에게 도움받기, 대충대충 하기…… 그러다 정말 아무것도 제대로 안 하는 사람이 되면 어쩌지요?"

누군가 이런 질문을 했습니다.

아침에는 회사에 아슬아슬하게 도착, 책상 앞에 앉아 멍하니 밖만 바라본다. '다들 어쩌면 저렇게 열심히 할까?'라는 말과 함께 한숨을 쉬며 모두가 일하는 모습을 바라보다 칼퇴근.

뭐, 이 정도로까지 아무것도 안 하는 사람이 된다면, 그 나름대로 굉장하지 않을까요? ^^;

그런데 정말로 아무것도 안 하는 사람이 되는 순간, 다음 문이 열립니다. 그 문의 이름은 '무료함'.

"아, 한가하다." "정말 따분하네."

그런 상태가 계속되면 대부분의 사람들이 깨닫게 됩니다. 사실은 지금까지 해왔던 일들이, 어쩌면 가장 좋아하는 일들이 아니었을까 하고 말이지요.

그리고 그 진실을 깨닫는 순간, 지금까지와는 다른 스위치가 내 안에서 켜집니다. 지금까지의 '해야 할 일' '억지로 하는 일'이라는 스위치에서 '하고 싶은 일'이라는 스위치로 바뀌는 겁니다.

'하고 싶은 일', '좋아하는 일'은 열심히 애를 쓰지 않아도 할 수 있는 법입니다. 하는 일은 이전과 똑같다 해도, 이제 무조건 열심히만 하는 게 아니라 즐기면서 하기 때문에 보람은 더 큽니다.

의욕이 완전히 사라졌다는 생각이 들 때는 차라리 기회라 여기고, 잠시 '열심히 안 하는 세계'에 빠져보면 어떨까요?

당신의 속마음이 무엇인지, 스스로가 진정으로 원하는 것이 무엇인지 분명 찾아낼 수 있을 테니까요.

재능을 믿어야
재능을 살린다

열심히 해도 성과를 낼 수가 없어.

아무리 열심히 해도 잘 안 돼.

누구나 살면서 여러 번 겪는 이런 심정. 그럴 때 '원래 나는 재능이 없어' 하면서 포기해버리는 사람들이 있습니다.

하지만 노력한 만큼 돌아오는 보람과 재능 사이에는 그다지 상관관계가 없습니다. 재능이 부족하다고 생각했던 사람들이 점점 더 빛을 발하는 순간을 제 눈으로 몇 번이고 확인했기 때문입니다.

제가 일했던 학원 졸업생 중에도 그런 사람이 있었습니다.

맨 처음에는 살짝 불안했습니다.

'세미나 강사가 되고 싶다는데 이 사람 정말 괜찮을까?'

몇 년 전까지 집에만 틀어박혀 지냈다는 가정주부.

자신감 없어 보이는 모습에 말하는 목소리도 작아서 웅얼 웅얼……. '지금 무슨 말을 한 거지?' 하고 제대로 못 듣는 경우가 많을 정도였습니다. 그런데 그런 분이 실패도 경험하고 고생도 하더니 지금은 인기 강사로 거듭났습니다.

당당한 태도로 일관해왔기 때문도, 화술이 능숙했기 때문도 아닙니다. 그분은 여전히 많은 사람들 앞에서 말을 잘 못합니다. 그런데 오히려 그렇기 때문에 모두가 열심히 귀를 기울여 듣고 싶어 합니다.

그분은 '반드시 이렇게 해야 합니다!'라고 강요하지 않아서 사람들이 편안한 마음으로 안심하고 듣습니다.

물론 모든 사람이 다 그분의 강의를 극찬하는 건 아닙니다.

강의에 불만을 제기하는 분도 있지만, 그런 정도의 불만은 저도 자주 받습니다.

재능은 누가 정하는 걸까요?

네. 자기 자신입니다.

요새 낚시보다 공놀이가 더 좋아.
아무래도 올림픽에 나가야겠어!

더 정확히 말하면 자신이 정해도 괜찮습니다.

어떤 사람이든 내면에 재능을 품고 있습니다.

단지 그 재능을 깨닫느냐의 차이일 뿐입니다.

아직 깨닫지 못했을 뿐인데 재능이 없다고 제멋대로 결론 내린 겁니다. 지금 내가 어떤 모습을 하고 있다 해도 훌륭한 재능을 갖고 있다고 믿는 사람. 그런 사람만이 그 재능의 혜택을 누릴 자격이 있습니다.

무언가를 하고 싶다면 이미 3분의 1 정도는 재능이 시작된 겁니다. 무언가를 해야 한다면 또 3분의 1 정도 재능이 발휘되는 겁니다. 무언가를 이미 하고 있다면 나머지 3분의 1 정도의 재능이 채워지는 건 시간문제입니다.

Just Do It!

이 한마디에는 많은 것을 이루게 하는 힘이 깃들어 있습니다.

다이아몬드는
저절로 빛난다

"저는 이 일을 잘할 수 있습니다. 저 일도 가능합니다."

"자격증도 이렇게 많습니다."

"그 일은 제 특기입니다. ○○대학 출신이거든요."

"유명인 ○○○가 제 친구입니다."

자기 자신을 어필하려는 이런 말들을 듣다 보면 가슴이 답답해집니다. 물론 이렇게 반박하는 사람도 있습니다.

'우리는 직설적인 표현에 서투르다. 그러니 자신을 더 어필해야 한다!'

그런데 애써 노력한 만큼 보람이 돌아오지 않는 건 자기 어필이 서툴러서가 아닙니다. 오히려 너무 강하게 어필할수록 거짓말 같고 허세를 부리는 것처럼 보입니다.

우리 모두는 각각 빛나는 다이아몬드와 같은 존재입니다.

다이아몬드는 '나 이렇게 빛나고 있어요. 내가 바로 다이아몬드라고요'라고 외치며 돌아다니지 않습니다.

가만히 있어도 저절로 빛나니까요!

그런데 다이아몬드이면서도 스스로를 유리알이라고 생각하는 사람은 늘 '여기 좀 봐줘요. 내가 이렇게 빛나고 있잖아요'라며 끊임없이 자기 자신을 갈고닦지 않으면 안 됩니다.

대충 할 수 없어. 매일 부지런히 닦아야 해.

조금이라도 쉬면 그 빛을 잃게 될 거라고 생각하기 때문입니다.

자신의 훌륭한 면모는 자기 자신이 잘 알고 있으면 됩니다.

원래의 다이아몬드로 돌아갑시다. 다이아몬드는 그저 굴러다니기만 해도 주변에 반짝반짝 빛을 뿌립니다.

열심히 하지 않아도 주위에서 당신의 존재를 발견할 겁니다.

다이아몬드를 다이아몬드답게 취급해줍시다. '그 빛에 어울리는 장소'에 자신을 제대로 놓아줍시다.

나는야 자체발광 물광피부 물개랍니다!

강한 마음은
상처받지 않는다

'나는 이미 대단해. 훌륭해. 그렇다고 생각하면 돼!'

하지만 그렇다고 해서 사람들이 늘 존중하고, 인정하고, 칭찬하고, 도움을 주지는 않습니다.

아무리 훌륭하다 해도 비난받고 억울한 일을 당할 때가 있습니다. 아무리 훌륭하다 해도 비난받으면 당연히 슬프고 화가 납니다.

그러나 일단 '너무 열심히 하지는 않는' 길을 선택한다면, 그저 잠시 슬프고 화가 날 뿐 남을 추궁하고 탓하는 마음이나 자기비하로 이어지지는 않습니다.

다이아몬드는 상처받지 않는 법입니다.

고유한 우리의 마음 깊은 곳은 절대 상처받지 않습니다.

그러니 더 이상 두려워하지 않아도 괜찮습니다.

내일을 위한 현재가 아닌
오늘을 위한 현재를

　'내 노후 생활은? 연금은? 곁에 아무도 없는데 아프기라도
하면 어떻게 하지?'
　그렇게 미래의 불안에 대비하기보다는 지금 당신이 정말로
하고 싶은 일을 즐기면서 사는 인생이 더 행복합니다.

　예전에는 저도 걱정만 했습니다.
　지금 즐겁고 여러 사람들 덕분에 행복하다면,
　설사 과거에 힘들었어도 그 힘든 시간을 경험한 덕분에 지
금 이렇게 행복한 거라고 생각할 수 있습니다.
　반대로 지금이 불행하다면,
　과거에 아무리 행복한 경험을 했어도 그 행복에 운을 다 써
버렸기 때문에 지금 불행한 거라고 생각할 뿐입니다.

그러니까 지금 이 순간을 즐기세요.

즐겨봐요. 그리고 행복하다고 믿어요.

아무리 고민하고 생각해봤자 미래는 제멋대로입니다.

지금부터 열심히 고민하고 생각해봐도 우리는 결코 미래에 무슨 일이 일어날지 모릅니다.

만일 무슨 일이 생기더라도 '곤란해지면 그때 생각하자' '막다른 곳에 몰리면 그때 결정을 내리자.'

이걸로 충분하지 않나요?

'이러면 안 돼, 저러면 안 돼.'

그렇게 안 되는 것만 잔뜩 받아들이지 말고, '안 되는 것'을 전부 '되는 것'으로 바꿔버리면 그만입니다.

지금 이 순간을 최대한 즐기세요.

사랑과 웃음으로 가득한 인생을!

나 자신의 선택에 따라서 얼마든지 달라질 수 있는 문제니까요.

너무 노력하지 말아요.
우리는 이미 대단하니까요.
우리는 이미 행복하니까요.

너무 노력하지 않아도
늘 행복한 사람

돈이 있어서 행복해, 친구가 많아서 행복해,

결혼해서 행복해, 취업해서 행복해……

vs

아파서 불행해, 대출이 많아서 불행해,

부모님이 엄해서 불행해, 아이가 없어서 불행해……

과연 무엇이 행복이고 무엇이 불행일까요?

어디까지나 가치관에 따른 차이일 뿐입니다.

"그는 부자지만 가족도 친구도 없대요. 불행하겠어요."

그런 생각 역시 그렇게 보는 사람의 가치관에 불과합니다.

'그냥 날 좀 내버려두지. 아무리 고독해도 난 돈만 있으면

행복하니까.' 정작 당사자는 이렇게 말할 수도 있으니까요.

반대로 아무리 많은 것을 누리고 있어도 '불행하다'고 한탄하는 사람도 있겠지요.

결국 '행복과 불행'은 자기 자신이 결정하는 것일 뿐입니다. 열심히 노력하지 않아도 보람을 느끼고 여유로운 사람들은 늘 '행복'을 준비합니다.

행복과 불행에 어떤 조건을 붙이는 건 어리석은 일입니다.

무엇이 있고 없든, 그 어떤 상태라 해도 이미 충족되어 있습니다. 자유롭습니다. 남에게 속아도, 억울한 일을 당해도, 소중한 사람을 잃어도, 병들어도, 가난해도…….

그래도 역시 행복할 수 있습니다.

한편, 행복하다고 해도 슬프고 괴로운 일은 피해 가지 않고 찾아옵니다. 행복하다 해도 불행한 일은 수시로 일어납니다. 행복해도 내일 아침 서랍장 모서리에 발가락을 부딪힐 운명이라면 어쩔 수 없는 겁니다!

행복하다는 건, 주변의 모든 조건을 다 없애도 '나는 이미 훌륭한' 존재라는 사실을 알고 있기 때문입니다. '나는 나 자체로 고유한' 존재이며, '이미 대단하다'는 사실을 잊지 않고 있기에 있는 그대로 행복할 수 있습니다.

그 사실을 알고 있으면 결국 긍정적인 기운과 좋은 일들이 우리 안으로 가득 흘러 들어올 것입니다.

행복은 끝없이, 더 크게 부풀어 오릅니다. 이 책을 읽은 당신이 그런 행복을 꼭 깨달았으면 좋겠습니다.

'너무 노력하지 않아도' 이미 충분히 행복한 하루하루를 만나길 바랍니다.

'내가 바라는 미래의 나'를 만나는 지름길은
지나치게 열심히 하지 않는 것.

★

성공은 성공을 맞이할 준비가 된 사람에게 찾아온다.
성공과 돈에 어울리는 습관을 체험하면 더 가까워진다.

★

나의 가치가 곧 돈과 물건의 가치를 정한다.

★

돈은 쓸수록 늘어나며 살아나는 선순환의 구조이다.
가장 가치 있는 돈 쓰기는 기부를 통한 〈나눔 미션〉

★

제대로 쉬고 노력하지 않을 때
오히려 '진짜 하고 싶은 일'을 만날 수 있다.

★

재능을 믿어야 재능의 혜택을 받을 자격이 있다.

★

우리는 모두 저절로 빛나는 다이아몬드와 같다.
강하고 고유한 우리 마음은 상처받지 않는다.

★

행복과 불행은 자기 자신이 결정하는 것.
너무 노력하지 않아도 늘 행복한 사람은 어떤 상황에서도 행복하다.

꽃과 나무와 풀이 자라는 것처럼

사람도 자연스럽게 내버려두면 성장하게 되어 있습니다.

아무것도 하지 않아도 점점 잎을 늘려가고,

아무것도 하지 않아도 커다란 열매를 맺고,

아무것도 하지 않아도 한 송이 아름다운 꽃을 피웁니다.

그것이 바로 자연의 법칙.

그것이 바로 진정한 우리의 모습.

그런데 지금까지는, 일부러 성장하지 못하도록 너무 열심히 하기만 했습니다.

고만고만한 일, 고만고만한 돈, 고만고만한 행복…….

'적당한 인생도 괜찮아.'

'안전 제일!'

'상처받지 않는 것이 최고!'

하지만 '열심히'라는 브레이크를 풀어버린 지금은 다릅니다. 본래 당신이 갖고 있던 능력과 빛에 자신을 맡기세요.

용기를 내서 상처도 입어보세요.

갈 수 있는 곳까지 힘껏 날갯짓해보세요.

어쩌면 지금까지 그렇게 열심히 했는데도 행복하지 못했던 이유는, 그동안 너무 열심히 노력해온 당신의 방법과 선택이 틀린 것이었다고, 신이 온 힘을 다해 멈추게 한 것인지도 모릅니다.

'나는 이미 대단해!'

저는 어렸을 때부터 콤플렉스가 많았습니다. 그래서 그 콤플렉스들을 극복하기 위해 늘 마음속으로 '더 열심히 노력하자!'고 주문처럼 외우곤 했습니다.

열심히 했는데도 효과가 없을 때는 '내 노력이 부족해서'라고 생각했고, 그런 저 자신을 반성하면서 다음에는 더 열심히 노력하자고 마음먹었습니다.

그런데 이 책《너무 노력하지 말아요》는 노력에 대한 저의 신념을 송두리째 흔들었습니다.

저자는 이 책에서 보람을 느끼지 못하는 것도, 인정받지 못하는 것도, 행복하지 못한 것도 모두 너무 열심히 노력하기 때문이라고 말합니다.

　'늘 최선을 다해 열심히 노력하자'를 나름의 신념으로 삼고 있던 저로서는 반발심이 생기더군요.
　'왜? 어째서 노력하는데 아무 소용이 없다는 거지?'
　마음속에서 불쑥 치밀어 오르는 반항심을 살살 달래가며 찬찬히 글을 읽었습니다.
　그리고 저자가 말하고자 하는 바가 무엇인지 드디어 깨달았습니다.
　'아! 노력하기 전에 먼저 내 모습을 있는 그대로 받아들이고, 인정하고, 사랑해야 하는구나. 노력이 먼저가 아니라 나 자신을 있는 그대로 받아들이는 게 우선이구나.'
　그리고 저자는 자기 자신을 인정하는 방법으로 '나는 이미 대단해!'라는 자기암시를 알려줍니다.

언제부터 스스로가 '열심히 노력하는 일'을 '나 자신'보다 더 중시하고 우선시하기 시작했는지 모르겠습니다.

그렇지만 이제부터는 좀 더 행복한 나를 위해,

노력에 대해 충분히 보상받을 수 있는 나를 위해,

지금 모습을 조금씩 있는 그대로 받아들이면서 자기암시를 거는 일부터 시작해보려 합니다.

'나는 이미 대단해!'

'나는 세상에서 단 하나뿐인 고유한 존재야!'

무더운 여름밤
행복한 나를 위한 각오를 다지며,

예유진

너무 노력하지 말아요

1판 1쇄 발행 2015년 9월 10일
1판 2쇄 발행 2015년 9월 25일

지은이 고코로야 진노스케
옮긴이 예유진
펴낸이 김성구

책임편집 박유진
단행본부 박혜란 이미현 김민기 나성우 김동규
디자인 여종욱 문인순
저작권 이은정
제 작 신태섭
책임마케팅 손기주
마케팅 최윤호 송영호 유지혜
관 리 김현영

펴낸곳 (주)샘터사
등 록 2001년 10월 15일 제1-2923호
주 소 서울시 종로구 대학로 116 (03086)
전 화 02-763-8965(단행본부) 02-763-8966(영업마케팅부)
팩 스 02-3672-1873 **이메일** book@isamtoh.com **홈페이지** www.isamtoh.com

표지 및 본문 그림 © 김혜령
한국어 판권 © (주)샘터사, 2015, Printed in Korea.

ISBN 978-89-464-2006-9 03830

이 도서의 국립중앙도서관 출판시도서목록(CIP)은 e-CIP 홈페이지
(http://www.nl.go.kr/cip.php)에서 이용하실 수 있습니다. (CIP제어번호: CIP2015023771)

값은 뒤표지에 있습니다.
잘못 만들어진 책은 구입처에서 교환해 드립니다.